AFFAIRES
PERSONNELLES

DU MÊME AUTEUR

Aux Éditions Grasset

AFFAIRES ÉTRANGÈRES *(à paraître en 1997)*.
MON PÈRE AMÉRICAIN, 1996.
MÉCHANT, 1996.
LES SEINS DE BLANCHE-NEIGE, 1994

Aux Éditions Julliard

MONSIEUR PINOCCHIO, 1991.
BAUDELAIRE ET LES VOLEURS, 1973.

Aux Éditions Balland

LES BÊTES CURIEUSES, 1980.

Aux Éditions du Seuil

L'ANGOISSE DU TIGRE, 1990.
PORTRAIT CRACHÉ, 1983.
L'AMI DE VINCENT, 1982.
LES ENFANTS DE FORTUNE, 1978.
LE SOMMEIL AGITÉ, 1977.
LA COMÉDIE LÉGÈRE, 1975.
LA PARTIE BELLE, 1974.
LES PETITS VERLAINE, 1973.
SAMEDI, DIMANCHE ET FÊTES, 1972.

Celui-là, Elisabeth, il est vraiment pour toi.

« Malheureusement les écrivains sont des gens qui ne peuvent écrire qu'une seule chose : leur envie. »

CHRISTOPHE DONNER.

Je ne vois plus ta femme ni tes enfants. J'ai préféré écarter de ma vie toutes les personnes qui te sont proches et qui t'ont aimé. C'était Marge ou eux, n'est-ce pas ? Tu me connais, j'ai choisi Marge. Nous avons conservé les mêmes rendez-vous, mêmes jours, mêmes heures. Inutile de s'appeler. Sur ce point, au moins, soyons tranquilles : on ne se décommandera pas.

Je vais chez Marge les yeux fermés, elle m'attend, me reçoit.

Comment te retrouver, Dagobert ? Autrement, ailleurs que dans le corps de Marge et Marge dans le mien. Nous ne t'avons pas remplacé. Nous n'avons rien inventé, rien imaginé de meilleur, de plus solide en tout cas, que de poursuivre notre affaire.

Seul le plaisir a changé, s'il en reste. Tout me paraît si grand depuis que tu n'es plus là avec moi, auprès de Marge : sa chambre, son lit, sa bouche, son ventre.

Nous avons arrêté le tabac, donné les cendriers, jeté les derniers paquets de cigarettes. On boit notre café au café, on se douche séparément en prenant bien soin de ne pas s'attarder. Malgré ces précautions, Marge continue de te chercher. Pour peu qu'on ait traîné, paressé l'un dans l'autre, elle se détache, me regarde tristement et commence le jeu des questions : « Qu'est-ce qu'on fait sans lui ? Pourquoi ne l'a-t-on pas attendu ? Tu es sûr qu'il est vraiment mort ? »

Tout ce que nous faisons, nous le faisons mal, à la hâte, sans grâce ni ardeur. Nos deux peaux sans la tienne n'indiquent pas le moindre signe de chaleur. C'est dans les draps de Marge que tu nous manques le plus, Dagobert. Mêmes jours, mêmes heures, mêmes gestes mais le goût s'est altéré. Marge regrette nos quatre mains, notre frénésie, l'esprit de compétition qui nous animait.

Souvent, je me fâche. Je sais les mots qui la blessent, je reproche à Marge de ne t'avoir jamais aimé. Et Marge confirme. Elle ne nous a jamais aimés. Elle aimait ça comme ça, « en équipe », parce que nous étions trois, deux à la foutre sans compter, ni le nombre de fois, ni le nombre de voix.

« Et lui, réplique-t-elle aussitôt, tu crois peut-être qu'il m'aimait ? »

Non. Tu t'en défendais presque en sortant de son cul, de ses bras. « Evidemment que je ne l'aime pas, m'affirmais-tu. A ton avis, on la baiserait ensemble si je l'aimais ? »

Je t'adorais en colère, nous prenant à partie Marge et moi : « Vous m'en laissez un peu ? Vous allez vous épuiser à force, vous avez vu l'heure ? » On t'en laissait toujours, tu te calmais. Tu traduisais volontiers les lettres d'Amérique de mon père Eddie, l'horoscope de Marge dans *Vanity Fair*, les paroles des chansons de Marianne Faithfull dont nous écoutions invariablement la même plage de la même face du même album.

Tous les mois, tous les trois sous les draps, nous lisions à voix haute la rubrique « Moi lectrice » du journal *Marie-Claire*. Les récits aventureux de ces jeunes femmes nous ravissaient. Nous étions sur le point de convaincre Marge d'envoyer son témoignage. Nous lui avions promis de l'aider dans la rédaction de sa lettre. Soigner la présentation dès l'abord. « On vous juge toujours là-dessus... » prétendait Marge. Qui aurait décrit mieux que nous la qualité de sa peau, la richesse de son ventre, l'appétit de sa bouche, l'activité de ses reins et de ses seins, son nez curieux, sa langue aux réponses favorables, encourageantes, ses yeux clairs à peine coupables de nous en réclamer davantage ?

Le corps de Marge nous aura occupés, tu en conviens, comme aucun autre. Nous, on ne se touchait pas entre garçons. On se contentait d'un regard tant satisfait qu'incrédule, comme étonnés d'être là aussi bons, aussi durs dans la même compagnie.

Marge rajeunissait de séance en séance, ses cheveux coupés de plus en plus courts : « Bientôt, tu me confondras avec Dagobert ! » me menaçait-elle. Mais cela n'est pas arrivé. Cela n'arrivera plus.

Tu es mort si vite, le temps d'enterrer mon père et ses lettres en anglais, de consoler quelques auteurs de leur échec aux prix de fin d'année.

J'ai quitté les Editions du Cadre Rouge, le quartier Saint-Germain, mon univers microscopique. Contre l'avis de Marge, j'ai rendu les clés de mon bureau sans faire exécuter un double. « On y serait allés un dimanche, comme avant... » se désole Marge, sans doute plus attachée que moi aux lieux où nous nous sommes aimés.

Je portais tant de chapeaux, tant de casquettes dans mon bureau du Cadre Rouge que de t'y avoir découvert un matin avec la tienne, bleu cru, dissimulant mal ton crâne nu, m'empêchera toujours d'y retourner.

Je me suis replié dans un endroit plus sévère où je suis déjà sûr que tu n'as jamais passé cette tête-là. Pour la nostalgie, l'appartement de Marge me suffit. Au moins incarne-t-il notre santé, ta bonne douleur et ta peau dure.

Je n'ai pris aucun recul, comme tu vois, aucune distance.

Je me suis mis à détester et donc à fuir ceux qui se vantent de me connaître, la plupart à m'assurer, confiants, que tout ce que j'ai vécu depuis un an me sera profitable : « Mais oui, ne t'inquiète pas, ça va te servir... »

Cela n'aura servi à rien. Ta disparition justifie seulement auprès des miens mon teint gris, mon humeur chagrine et ma gaieté perdue. Mais que savent-ils de Marge, de ce que nous avons réellement perdu et que toi-même ignores ?

Je suis si peu complaisant d'ordinaire, tellement léger, souviens-toi. Je pèse aujourd'hui cent tonnes. Songe qu'il y a une semaine, j'ai simplement inscrit ceci au milieu d'une page en lettres capitales :

RETIRE LES AIGUILLES DE LA POUPÉE

Je ne sais pas à qui s'adresse le message, je doute fort que quelqu'un l'ait lu ou entendu.

Tu me disais que mes livres ressemblaient aux musiques de Bernard Herrmann, que je tournais comme lui toujours autour du même thème en augmentant ou en modifiant le nombre d'instruments. Des livres de joie funèbre, précisais-tu, de malheur très saugrenu.

Affaires personnelles

Je regarde timidement ma feuille de papier : me faudra-t-il retirer les aiguilles une par une ?

Tu travaillais à Los Angeles pour la Columbia. Je n'avais pas tenu compte du décalage horaire et je te réveillais manifestement. Tu m'as demandé d'où je t'appelais et je t'ai dit « d'en bas, d'une cabine à pièces, en face de ton hôtel sur Hollywood Boulevard ». J'ai ajouté que je n'avais plus de pièces, qu'il faisait froid et tu as éclaté de rire : les nuits sont si douces à Los Angeles. Tu as regardé ta montre, estimé que j'exagérais et puis tu as allumé une cigarette : « Rien de grave ? » Rien, Dagobert. Je m'ennuyais de toi dans mon bureau du Cadre Rouge à Paris, sans nouvelles. Tu n'étais jamais parti aussi longtemps et nous avions pris l'habitude de nous parler chaque jour.

Tu avais dû t'endormir devant la télévision, j'entendais un bruit de fond dans l'appareil. C'était du basket, la rediffusion d'un match de la veille, les Bulls avaient perdu, le titre de champion s'éloignait, ton fils suivait ça... Mais tu as éteint, je n'ai pas profité des commentaires. Tu as aspiré une ou deux bouffées et tu m'as dit sur un ton navré : « Tu aurais pu venir... » Tu étais sincère, tu regrettais souvent que je ne t'accompagne pas. Ma famille paternelle habitait ici, en Californie ; tu ne comprenais pas comment j'avais réussi à consacrer autant de livres, autant de pages à mon père Eddie en le connaissant si peu et sans éprouver aujourd'hui le désir de le connaître davantage. Nous étions, Eddie et moi, séparés depuis toujours, nous n'en souffrions pas. Ses lettres en anglais, mes réponses tardives et laconiques, notre petite cinquantaine de dîners parisiens (avions-nous seulement atteint ce chiffre rond en près de quarante ans ?) semblaient nous satisfaire et me suffire. J'avais laissé Eddie perdre son emploi, puis sa deuxième femme, et mes demis, frère et sœur, grandir sans moi. Je les retrouvais plus volontiers tous les trois dans mes livres.

Toi qui n'écrivais jamais sur les tiens, tu ne me jugeais pas, seul mon manque de curiosité t'agaçait quelquefois : « Tu as peur que ça ne corresponde pas ? insistais-tu. Que ce soit pire, que ce soit mieux ? » Tu t'inquiétais de mes demis aussi, tu n'hésitais pas à me narguer gentiment, à me tendre des petits pièges. Je ne possédais même pas leur adresse, j'ignorais s'ils avaient achevé leurs études, je conservais toujours un doute sur leur âge. Tu avais raison. Mon frère et ma sœur étaient forcément plus chaleureux et consistants que les demis silencieux si simples à décrire. Tu me conseillais de vérifier au moins, c'était facile. Eddie avait encore proposé de m'héberger et de nous accueillir. Tu me suggérais de faire coïncider nos séjours, tu nous servirais ainsi d'interprète, mon père et moi apparaîtrions enfin moins empruntés que dans mes fictions. Mais non, les dates ne collaient pas, les Editions constituaient une excuse merveilleuse, les auteurs, les manuscrits, les récentes restructurations de l'entreprise... « Ta fameuse pression », tranchais-tu, à ma place, en compatissant tendrement et sans jamais songer à te plaindre.

Tu m'as toujours épargné tes propres difficultés, tes faiblesses, tes détresses, le traitement auquel tu étais soumis là-bas à la Columbia. Combien de fois auras-tu réécrit certains scripts de commande, ces textes sans cesse discutés et remaniés que tu t'efforçais de remettre en temps et en heure et qui ne seraient probablement pas lus, à peine feuilletés, tout juste ouverts.

Tu parvenais à en rire, comme du reste. A ta troisième Marlboro, tu me dévoilais, hilare, la méthode de ton nouveau coscénariste. Vous ne touchiez même plus à l'intrigue ni aux dialogues. Il vous suffisait de changer désormais les noms des principaux personnages. Vous répétiez l'opération à chaque mouture. « Comme ça, ils sont complètement paumés, triomphais-tu, bien obligés de tout relire ! »

Ta voix était claire, maintenant. Tu avais l'air ravi de bavarder, tant pis pour le sommeil. Je te sentais si proche, bien capable de t'écrouler à mes côtés dans le vieux fauteuil de Cayrol. Le temps de récupérer, de se raconter « nos trucs », je t'avais carrément rejoint à Hollywood dans ta chambre du

Château Marmont. Et tu critiquais l'hôtel : « Vraiment pas terrible, tu serais déçu... »

Nos conversations seraient donc toujours plus longues qu'on ne l'avait prévu. Ensemble, nous perdions notre pudeur.

Cette nuit-là, tu as fini par souffler « Marge » dans le combiné, assez faiblement. C'était ton tour. Tu m'as demandé si Marge était un diminutif de Marguerite ou de Marjorie.

Tu l'avais rencontrée dans l'avion de l'aller chez les non-fumeurs. Vous vous étiez tous les deux trompés de zone. A défaut de cigarettes, tu l'avais embrassée pendant toute la durée du vol. « Elle embrasse bien », me disais-tu. Tu ne m'as guère livré de meilleur indice, ni son âge, ni la couleur de ses cheveux. Tu m'as promis de me la présenter dès ton retour en France, à condition qu'elle accepte de rentrer avec toi, et tu as chassé d'une formule mes questions d'indiscret : « Marge est compliquée. »

Tu devais adorer ça, Dagobert. Tu allais te rendormir en pensant à elle, le nez dans les draps à chercher son odeur. Avant de me quitter, tu m'as fait remarquer que les notes de téléphone que je laissais au Cadre Rouge méritaient bien quelques efforts : « Retourne à ta pression ! » Tu as raccroché sur ces encouragements.

C'est bien une BMW. Aussi noire, aussi lourde. Marge a racheté les deux casques qui vont avec. Elle n'a pas essayé de discuter le prix, elle me l'a dit. Il lui fallait cette moto, elle l'aurait payée plus cher encore.

Nous ne savons conduire ni l'un ni l'autre. On a l'air malins, nos deux casques à la main. Je me demande ce que Marge a pu raconter au nouveau propriétaire du véhicule. Il venait de changer la plaque d'immatriculation, le phare avant, n'avait certainement pas envie de s'en séparer.

A bien y réfléchir, je ne suis même pas sûr qu'il s'agisse de ta moto, Dagobert. Marge le croit, c'est l'essentiel.

Nous poussons l'engin sur le trottoir par un après-midi d'été caniculaire à la recherche d'un parking. La moto ne peut pas dormir quai de Valmy, en bas de chez Marge.

C'est trop dangereux. On serait bien avancés si on nous la volait.

Marge laisse repousser ses cheveux, maintenant, et ses jupes. Nous sommes finalement aussi surpris l'un que l'autre d'être toujours en vie, ensemble. « C'est marrant que ça dure... constate Marge la première. Surtout qu'on ne se touche plus ou presque plus. »

Nous n'avons même pas vieilli. Marge me persuade qu'on vieillira d'un coup et qu'alors ça sera très grave, qu'il nous faudra porter des masques de Mickey pour oser sortir dans la rue.

Elle est montée sur la BMW, à ta place : « Je me repose, j'en ai marre de pousser. » Elle s'est mise à chanter. Faux. Elle fredonne l'air de *Lucy Jordan* pour changer, avec son effroyable accent anglais. On ne s'est pas renouvelés.

Les passants nous regardent intrigués, certains essayent de savoir ce qui nous est arrivé. A nous ? A la moto ? « Vous avez crevé ? — Exactement, confirme Marge enchantée. Crevé ! Vous connaissez un garage ? »

On nous indique le plus proche. « Vous trouverez sûrement une roue de secours si c'est ça qui vous manque. »

Tu vois bien que nous sommes perdus, Dagobert.

Le grand garage de la Madeleine est toujours ouvert. « On aurait pu le trouver tout seuls », enrage notre bien-aimée.

Le garagiste a commencé à examiner le véhicule : « Vous partez en vacances ? » s'informe-t-il et, sans attendre la réponse, il nous fait des propositions de pension complète comme si nous envisagions de lui confier la garde d'une personne ou d'un animal. « C'est une très belle moto », souligne-t-il, admiratif. Je sens que Marge s'impatiente : « On ne sait même pas en faire de la moto, déclare-t-elle au garagiste. On va apprendre et puis on reviendra la chercher. — C'est pourtant une très belle moto, répète le garagiste. Vendez-la-moi, je vous en offre... » Marge n'écoute pas le chiffre, elle refuse net, me soupçonne de l'avoir entraînée dans ce garage pour effectuer la transaction, la BMW est à son nom. « On ne la vendra jamais ! explose Marge. Ça coûte combien un an de parking ? » Le garagiste, enfin, nous considère : « Vous comptez me la laisser un an ? — Peut-être deux ou trois... » relance Marge.

J'ai sorti mon carnet de chèques, je décide de régler deux mois d'avance. Le garagiste ne discute plus. Il lit attentivement le libellé du chèque et soudain, tout en me fixant avec un intérêt inédit : « Vous êtes le fils de Pascale Roberts ? » Je demeure un bref instant silencieux et j'avoue : « Oui, pourquoi ? »

Le garagiste n'en revient pas.

Pascale Roberts n'est pas une meilleure actrice que ma mère, à peine un peu plus célèbre, ce qui m'a valu tout au long de ma jeunesse de décevoir les nombreux admirateurs de Pascale qui me posaient cette inévitable question.

« On ne la voit plus beaucoup à la télé... se lamente le garagiste. Qu'est-ce qu'elle devient ? Elle a dû vous avoir très jeune. Vous avez quel âge ? »

Marge me donne ton âge, Dagobert. Le garagiste paraît stupéfait. « Vous voyez qu'elle n'est pas si jeune que ça votre Pascale Roberts ! » s'esclaffe Marge, ravie de son effet. J'ai deviné qu'elle ne restera pas plus longtemps dans le garage. « Tu me rejoins devant le bassin », me dit-elle tout bas comme si le garagiste ne devait pas nous entendre.

J'ai peur qu'il ne me réclame une pièce d'identité pour vérifier ma date de naissance. Afin de lui montrer ma bonne volonté, je lui propose d'appeler ma vraie mère. Avec un peu de chance, elle n'aura pas oublié de brancher son répondeur. Le garagiste me tend son téléphone mais insiste pour composer lui-même le numéro. Ça sonne occupé, heureusement. « Je ne vais pas vous bloquer la ligne... » Le garagiste hausse les épaules : « Vous ne me bloquez rien du tout, utilisez la cabine, me conseille-t-il affable, là, derrière les pompes à essence. Et soyez chic, si ça ne la dérange pas, permettez-moi de la saluer. »

Il ne me quitte pas des yeux tandis que je parlemente avec ma vraie mère. Elle a très mal pris la chose : « Tu m'appelles à quatre heures de l'après-midi, c'est tout juste si tu ne me tires pas de ma sieste et pour me demander quoi ? De parler à un inconnu en me faisant passer pour Pascale Roberts. Dis-lui qu'elle est morte et moi avec. Qu'est-ce qu'on s'en fout de Pascale Roberts, franchement ! Allez, embrasse plutôt les enfants, mais de loin, je suis très enrhumée. »

Ma vraie mère est incorrigible. J'ai appris récemment son prénom véritable, Romana, alors que j'avais déjà du mal à choisir entre les deux autres, Ada ou Peggy. Elle aurait bien pu porter celui de Pascale quelques minutes. Mais non, elle s'est vexée.

Je m'excuse auprès du garagiste, je vieillis Pascale de dix bonnes années afin de justifier les propos de Marge et la fatigue de l'actrice un jour aussi lourd du mois de juillet. « C'est vrai que c'est décevant... » soupire le garagiste. Il me donne un reçu pour mon chèque, un numéro de parking et me révèle : « Ma première éjaculation, c'est à votre mère que je la dois, monsieur. Je vous félicite. »

En marchant vers les Tuileries, j'essaye de retrouver assez précisément dans ma tête la filmographie de Pascale Roberts. Je me concentre sur *La Blonde de Pékin* avec Mireille Darc. Le réalisateur, Nicolas Gessner, avait-il tourné une scène osée entre les deux femmes ?

J'ai déjà d'autres soucis. Je distingue Marge parmi la foule des promeneurs. Elle s'est éloignée du bassin, c'est curieux, semble venir à ma rencontre dans les allées du jardin, côté Rivoli. Elle accélère le pas dès qu'elle m'aperçoit, ça ne lui ressemble pas. Elle accourt essoufflée, bouleversée, se jette dans mes bras. Elle pleure ou va pleurer d'une seconde à l'autre. « Ils ont vidé le bassin, me dit-elle. C'est une opération de la mairie de Paris, ils ont décidé de vider tous les bassins de la capitale. Oscar a disparu. »

Ce n'est pas la première fois.

Mon père nous attendait dans le parking de l'aéroport. Mes demis étaient venus nous guetter à la livraison des bagages en agitant à tour de rôle une pancarte à notre nom.

L'avion s'était posé à Los Angeles avec une heure de retard et pendant l'atterrissage, j'avais imaginé qu'un jour tu filmerais cette scène, qu'on entendrait en guise de ponctuation sur les premières images du film la voix de Gilbert Bécaud dans *Les Tantes Jeanne*.

J'ignorais alors qu'il n'y aurait jamais de film, que je ne retiendrais pas d'autre image. Nous aurions pu éventuellement concourir au festival des meilleurs débuts.

Au volant de sa Volvo géante, Eddie s'était assoupi. Il portait une minerve suite à un déplacement de vertèbres et mes enfants l'avaient trouvé considérablement vieilli. Je ne suis pas certain qu'il ait reconnu tout le monde. Enfin, nous étions quatre, six avec les demis, sept avec lui. Donc, deux voitures.

Je me souviens qu'il s'est inquiété de toi en anglais, en baissant la vitre de la Volvo. Mais c'était la période des grandes vacances, seul moment de l'année où tu t'accordais quelques jours de détente. Tu m'avais souhaité « bonne chance » comme à la veille d'un Goncourt ou d'une projection. Tu semblais heureux de me voir effectuer enfin le fameux voyage.

Il ne manquait plus personne d'important autour de la voiture. Mon père a actionné l'ouverture automatique du coffre et les enfants se sont bientôt emparés des jouets et des peluches qui se morfondaient à l'intérieur.

Nous partagions avec ma femme le même sentiment d'angoisse sur ce séjour. Nous nous demandions sérieusement s'il ne serait pas plus commode de passer nos trois semaines américaines dans ce parking, à déballer des paquets cadeaux, disposer des valises dans des coffres de voiture avant de les retirer et de les regrouper une à une en prévision de l'enregistrement du vol retour.

Mon père n'avait pas bougé : il assistait sans broncher au ballet des valises, un vague sourire aux lèvres. Il n'avait même pas l'air pressé de nous voir monter dans l'auto.

En l'observant ainsi, impassible, j'ai déterré malgré moi une scène plus ancienne que j'ai souvent déformée, exagérée. Une scène aussi improbable en apparence que mes liens de parenté avec Pascale Roberts.

Je raconte depuis toujours comment j'ai confondu, enfant, mon père Eddie avec un portier d'hôtel. Je révèle avec plaisir pourquoi j'ai embrassé l'homme en habit rouge à la place de mon père. Ma vraie mère aux trois prénoms m'avait pourtant juré que je reconnaîtrais Eddie à coup sûr puisqu'il était et serait le plus grand. Et je m'étais trompé, de joues, de bras et de personne.

Le portier n'était pas plus grand qu'Eddie, la méprise moins grossière. Si je n'ai pas sauté au cou de mon père, à Bordeaux, lors de nos premières retrouvailles, c'est qu'il était resté assis comme dans la Volvo, prostré, déjà absent.

Le portier aux bras tendus m'avait paru plus disponible, tellement plus accueillant que l'homme somnolent du hall qui m'était destiné.

Nous roulions depuis une heure. Mes demis suivaient dans l'auto plus modeste de ma sœur Linda avec les bagages. La minerve ne gênait pas trop Eddie pour conduire. Il nous avait assuré qu'il ne souffrait pas. Ce n'était plus très loin.

Nous avions quitté l'autoroute et nous nous dirigions lentement vers les hauteurs de Bel Air. Jugeant que nous étions trop nombreux pour habiter chez lui, mon père nous avait loué une villa dans une résidence réservée aux professeurs de l'UCLA.

En découvrant les premières maisons du lotissement, j'avais immédiatement songé à des constructions d'enfant de type Lego. Même le sac à dos de ma fille semblait plus solide.

Je n'ai jamais aussi bien dormi qu'à Lego-land pendant cet été californien. Tous les jours ou presque, ma femme et les enfants me demandaient avec ménagements : « Est-ce qu'on doit vraiment rester ? »

Je n'aimais pas le pays de mon père ni son environnement, ni son cadre de vie. J'avais réussi à recréer très vite la même situation qu'à Paris quand il venait nous rendre ses visites, à établir entre Eddie et nous la même distance, à distiller le même ennui.

Nous étions convenus de dîner ensemble trois soirs par semaine. Soit mon père montait chez nous, soit nous descendions en ville. J'ai compté neuf repas. Alors, je n'en fais pas une histoire.

Oscar me reconnaît, lui. Il frétille dès qu'il m'aperçoit. Nous l'avons élu car il nous paraît plus intelligent que les autres. Ce jour-là, par exemple, il a parfaitement senti que Marge serait en retard. Alors, il me sourit et je lui rends son sourire. Il n'est pas jaloux, ne boude jamais. Je peux bien regarder les autres poissons, les compter pour patienter, Oscar demeure serein : les autres ne sont guère plus malins que lui.

J'aime autant que tu saches la vérité : Oscar est un poisson dégénéré. Il vit très modestement dans le bassin des Tuileries à Paris au milieu d'autres poissons.

Nous sommes toujours aussi stupéfaits de le retrouver chaque semaine. Nous devons craindre les autorités de la ville. Qu'elles changent l'eau du bassin. Et Oscar ?

Il n'est pas question de te remplacer,

Dagobert, mais il faut bien qu'on s'occupe, qu'on s'attache à quelqu'un.

Nous nous autorisons cette relation toute sage qui nous distrait et nous permet de nous aérer un peu par la même occasion. Ainsi, nous ne sommes pas tout le temps fourrés chez Marge. C'est tant mieux. Je t'avoue que notre dernière rencontre à l'appartement n'était guère réjouissante. Cela explique sans doute le retard de Marge à notre rendez-vous du jardin.

Marge, cette fois, me demande de ne la prendre qu'en photo. Je ne vais pas refuser. On ne l'a jamais fait avec toi, on s'en mord assez les doigts.

Marge a acheté un appareil jetable, de ceux que l'on offre aux enfants. Elle tire les rideaux de sa chambre, me confie l'appareil, me montre où appuyer : « Ça marche tout seul ces trucs-là, c'est simple comme bonjour... »

Elle ôte le peu de vêtements qu'elle porte chez elle, tu la connais, s'allonge sur la moquette en se tournant légèrement sur le côté : « N'appuie pas encore, murmuret-elle. Attends un peu, le temps que je m'oublie, que je t'oublie aussi. Tu m'entends ? »

Je l'entends :

« Dis-moi quelque chose, au moins, quelque chose d'un peu mal ou d'un peu sale que Dagobert t'aurait soufflé à l'oreille. Après je m'ouvre, c'est promis. Et je me caresse. Et tu peux appuyer. Tu es dur comment ? Pas assez, je parie. Moins ou plus que Dagobert ? Ne me réponds pas. Vous êtes durs pareil. C'est normal. Je dois bien vous faire un peu envie comme ça. Je n'ai mis que les doigts, pourtant, pas encore la main. Vous voulez la main entière, je mettrai la main entière. Je garde l'autre pour la bouche qui pue comme vous l'appelez. Il aime tellement ça, Dagobert. Me donner ses mains. Pourquoi ce ne serait pas mon tour ? Pense au flash, surtout, c'est indispensable pour la couleur. Non. Tais-toi ! Je ne veux pas que ça vienne trop vite : crois-moi, je ne suis pas finie. Je me tiens comme vous savez me tenir. C'est toi qui me tiens mal. Pourquoi c'était si bon à trois ? Il le sait, Dagobert ! Pourquoi à deux, ça ne vaut presque plus rien. Plutôt mieux toute seule... Merde, ça prend déjà. Je fais tout pour me garder, je te jure. Les deux mains en même temps comme si elles allaient se rejoindre, c'est trop fort, je vais en chialer pour la joie que ça me rappelle. Les deux en même temps, je ne le dirai plus, ça m'apprendra. Je respire, je voudrais me bloquer, m'empêcher... Je te mens, qu'est-ce que tu crois ? Ça ne vaut pas tant que ça... Il fallait le faire quand même, non ? Le tenter, l'essayer... puisque j'y arrive. M'en veux pas... Me rate pas... Appuie... Appuie encore... On les fera développer, tu verras... Une fois, je vais sourire... »

Les trente-six poses sont terminées. Ainsi Marge.

J'ai laissé l'appareil sur le lit, intact, et Marge à ses pensées. Elle ne m'a pas vu rester, ne m'a pas vu partir.

Je sais que le flash n'a pas fonctionné. Qu'ils n'ont pas profité de Marge au labo, qu'ils ont jeté l'appareil. La discussion s'est envenimée. Marge a exigé qu'on la dédommage. Mais comment la dédommager ?

Toutes ces péripéties l'ont mise en retard et en colère. Elle ne s'excuse même pas en arrivant enfin devant le bassin, ne salue pas Oscar, me reproche encore mes scrupules : « Si au moins tu l'avais, ce double des clés des Editions, ça nous changerait de décor ! »

Je lui propose la moitié de ma gaufre, une barbe à papa : « Donne ta demi-gaufre à Oscar, il raffole de ça... Il a encore grossi, pauvre Oscar... »

Tandis qu'Oscar se régale, Marge avise un couple de motards, leurs casques sous le bras. Elle les arrête : « Vous avez une moto à vendre ? » Ils lui répondent que non, poursuivent leur chemin.

Marge est déçue, elle regagne machinalement le bord du bassin, s'accroche à la manche de ma veste. Elle enfouit sa mauvaise tête dans mon cou et se renseigne : « C'était quoi déjà la marque de la moto de Dagobert ? »

Tu servais à la cuillère et sans établir une réelle différence entre le tennis et le ping-pong. On jouait avec trois balles, pourries, et aussi mal l'un que l'autre.

Nous avions appris le tennis pour donner l'exemple à nos garçons. Ils avaient grandi, affrontaient maintenant des adversaires de leur âge et de leur force. Alors, on se retrouvait tous les deux dans un petit club de Montrouge pour ne pas perdre la main.

Tu te laissais battre le plus souvent avant l'heure de jeu, tu balançais le match. Il fallait toujours se dépêcher. Tu avais un coup de fil urgent à passer, un appel important à recevoir, parfois même un rendez-vous. Pas loin, dans un hôtel voisin, Ibis, Mercure, hôtels d'hommes d'affaires déserts le week-end.

Tu n'avais qu'à traverser la rue, c'était

idéal, inutile de mettre la moto en marche. Je t'aidais seulement à la pousser jusqu'à l'hôtel.

« Si tu m'attends, je te ramène... » me proposais-tu. J'aurais pu t'attendre, ça ne durait jamais longtemps.

Nous repérions facilement la jeune femme qui te guettait au bar devant un coca ou une orangeade. Tu faisais les présentations, exagérais le score de la partie en vantant la qualité de mon revers. Ton invitée semblait perplexe. Au moment où je lui serrais timidement la main, tu ne manquais pas de lui préciser : « Je te rassure, il ne reste pas. » Je ne restais pas.

C'est ton dernier scénario. Tu n'avais pas d'imprimante et Irène a cru bon de le tirer et de le relier comme les précédents. Elle a préféré me le remettre en mains propres. Elle dit qu'elle ne veut pas être payée, que ton scénario est intournable.

Nous déjeunons sans appétit dans une brasserie proche de chez elle. Irène a embelli. Elle se plaint de ne plus avoir beaucoup de travail, de ne plus t'avoir. Elle te regrette, me réclame des nouvelles de chacun, en ordre dispersé, de ta femme, de tes enfants, puis de Marge. « Dagobert couchait à peu près avec tout le monde, n'est-ce pas ? » Ce n'est pas une question, Irène a l'air de bien te connaître. « Moi aussi, j'avais une histoire avec lui, m'avoue-t-elle avant les cafés. C'est pour ça qu'il n'achetait pas d'imprimante, ça nous donnait toujours une occasion. »

Irène s'enorgueillit de son histoire avec toi : « Je n'ai jamais vu un homme qui aimait ça à ce point-là, comme une fille. »

Moi non plus. Pour lui être agréable, je calcule avec elle le nombre de jours qui séparent la mort d'Edith Piaf et celle de Théo Sarapo. Sous la dictée d'Irène, j'écris sur la nappe en papier : THÉO SARAPO = T'AURAS SA PEAU. Quand je lève les yeux, Irène a disparu. Et la brasserie. Et ton scénario.

Je dors si mal, Dagobert.

Ta présence rendait mon père plus volubile encore que tu ne l'avais imaginé. Tu ne parlais qu'anglais avec lui et aussi vite que lui. Nous marchions tous les trois boulevard du Montparnasse et je vous écoutais discourir sur les charmes de la vie californienne.

Eddie avait cessé de boire depuis peu, très exactement la veille de son soixante-dixième anniversaire. Il nous racontait qu'il s'était inscrit aux Alcooliques anonymes de son quartier de Westwood, te conseillait d'en faire autant avec la cigarette, il devait bien exister un organisme équivalent pour les fumeurs.

Nous en doutions un peu mais nous n'avions pas voulu le contrarier. On s'efforçait de lui donner toujours raison. Ça lui allait si bien de ne plus boire, ça t'irait peut-être aussi bien de ne plus fumer.

Tu avais fixé rendez-vous à Marge au Select, à deux cents mètres de l'endroit où tu vivais avec ta femme, nous étions en avance et tu avais insisté pour que nous attendions Marge avec toi.

Nous nous sommes installés en terrasse comme trois vrais amis, avons passé commande des boissons et, après une vague hésitation, mon père a sorti une enveloppe de sa poche : « J'ai le temps de vous montrer une photo ? nous a-t-il demandé. Ce n'est pas une très bonne photo, j'ai même dû la découper pour la faire tenir dans l'enveloppe, mais c'est un très bon souvenir. Regardez ! »

La photo était presque floue, on distinguait pourtant les traits d'une femme blonde qui souriait à l'objectif : « C'est à moi qu'elle sourit, nous a confirmé mon père. C'est moi qui ai pris la photo. Oh ! Je ne suis pas un spécialiste. On ne voit même pas qu'elle est pieds nus sur la plage de Santa Monica. La photo, surtout, ne dit pas combien elle m'aime. On ne m'aime pas comme ça d'habitude. Pourvu que ce soit la dernière fois, je partirai sur une meilleure impression. »

J'ai reconnu l'écriture de mon père au dos de la photo. Eddie avait inscrit : Virginia, 3 mai 89, première nuit dans les bras.

Il a rangé le document, avalé une gorgée de coca en esquissant une grimace : « C'est tellement mauvais, n'est-ce pas ? » Puis il s'est tourné vers toi : « Je vais vous demander quelque chose, vous n'êtes pas obligé de répondre. Vous savez si mon fils comprend l'anglais ? Moi-même, je n'en suis pas très sûr. Quand je lui parle, soit il m'interrompt par une série de " oui, oui, oui ", alors que je n'ai pas terminé ma phrase, soit j'obtiens un grand silence à la question la plus claire, la plus simple qui soit. Comment va ta mère ? Reçois-tu les lettres de ta sœur Linda ? As-tu transmis à Brian ton nouveau numéro ? »

Eddie a marqué une pause.

Maintenant, c'est à moi qu'il s'adressait : « Tu ne viendras plus à Legoland ? » Je n'osais me prononcer, je pensais à Virginia, à sa façon d'aimer et j'ai reproché à mon père de ne pas l'avoir amenée à Paris, à l'occasion de ce voyage. Eddie s'est troublé aussitôt, il nous a avoué en baissant les yeux qu'il n'avait pas assez confiance. En lui ? En moi ? « Superstition, a-t-il arbitré. Vous utilisez le même mot en France. »

Marge était à l'heure. Elle portait un duffle-coat évidemment trop chaud pour la saison et la jupe la plus courte de sa penderie. C'était la Marge des débuts, docile, elle t'a embrassé comme tu voulais, nous a tendu la main à Eddie et moi. On ne vous a pas dérangés.

Tu choisissais des fiancées bien jeunes. Mon père s'est souvenu que tu étais marié et il a indiqué tout seul le nom de son hôtel au chauffeur de taxi. Notre éternel taxi. J'étais plus indulgent, tu t'en doutes, mais bien incapable de te défendre, d'argumenter dans cette langue que je ne serai jamais parvenu à maîtriser.

Nous sommes descendus de la voiture, prêts à nous séparer sur le trottoir devant la façade du Regina, quand Eddie m'a proposé de monter avec lui : « Cinq minutes ! » Il formait le chiffre avec ses doigts.

Arrivé à l'étage, à ma grande surprise, il a frappé à la porte de sa chambre. J'ai entendu la voix douce d'une femme derrière la cloison : « Coming... »

C'était Virginia. Elle nous a ouvert, moins étonnée que moi, m'a accueilli en français : « Je suis vraiment heureuse. » Et nous sommes entrés.

Mon père, visiblement ému, lui a annoncé que je ne resterais pas longtemps : « Demain, il travaille tôt à ses Editions... Mais comme ça, tu l'as vu. »

Je la voyais aussi, tellement plus belle que sur la photo de la plage. « Nous avons beaucoup de chance tous les deux, vous avez un père extraordinaire. »

Elle était la première personne à me dire ça.

On entend à peine en bruit de fond l'aspirateur des femmes de ménage. Marge inspecte les lieux scientifiquement, avec sa curiosité habituelle et sans omettre le moindre détail.

C'est elle qui a insisté pour venir ici, un samedi, dans mon « nouvel endroit » comme elle l'appelle, c'est elle qui commente : « Pas trop sexe comme bureau... Tu t'y plais ? Tu ne regrettes pas le Cadre Rouge ? »

Elle est restée debout, se promène parmi les livres de la bibliothèque, remarque le tien dont elle s'empare, le seul livre que tu as publié à la fin des années soixante : « Tu le liras quand je serai mort », disais-tu à Marge.

Elle le touche, le caresse, le respire comme s'il s'agissait d'un morceau de toi, de ton corps absent. « Pourquoi il n'a pas écrit d'autre livre, Dagobert ? Il était bien celui-là... »

Marge ne t'avait pas écouté et l'avait lu, bien sûr.

Je ne lui apporte aucune explication, ne lui fournis aucune réponse concrète. Je demeure évasif et distant.

« Moi, je le sais pourquoi. » Marge bluffe et fanfaronne. Elle a toujours été comme ça et ça ne s'arrange pas. Un jour sur deux, elle prétend qu'elle s'en sortira, avec ou sans moi, qu'elle n'éprouve pas tant de chagrin ni trop de peine.

Elle repose le livre sur la bonne rangée, à sa place, et me déclare : « Dagobert aurait peut-être écrit notre histoire. Tu l'aimes bien, toi, notre histoire... ? »

Les femmes de ménage progressent dans les étages. Mon bureau est au dernier, au cinquième, sous les toits. Tellement plus vaste que celui du Cadre Rouge. « Tu arrives à travailler là-dedans ? me questionne Marge, dubitative. Tout paraît hostile ici, les murs, la moquette, les buvards. Même le livre de Dagobert a l'air de nous faire la tête. »

Elle consent malgré tout à s'asseoir, à prendre la pose d'une visiteuse normale. Je ne voudrais pas que les femmes de ménage interprètent mal sa présence dans les lieux.

« Sois tranquille, me rassure Marge, je serais bien incapable de quoi que ce soit dans cette maison. »

Elle est habillée en dépit du bon sens : body rose sous un tailleur rouge vif. Les couleurs jurent sans dire pourquoi et pourquoi tant d'efforts. Elle reconnaît l'un après l'autre les objets et même certains meubles de mon ancien bureau. « Et le fauteuil de Cayrol, tu ne l'as pas emporté ? »

Je signale à Marge que le fauteuil de Jean ne m'appartenait pas. J'ai appris qu'on l'a détruit depuis mon départ mais je ne l'ai pas dit à Jean. Alors, je ne le dis pas à Marge.

Qu'avions-nous fait subir au vieux cuir des accoudoirs lorsque Marge se sentait « capable » ? Nous étions moins précautionneux à cette époque.

« Et moi je t'appartiens ? » s'exclame-t-elle, son chapeau mou bien écrasé sur le front. Si je ne t'appartiens pas un peu, alors, j'appartiens à qui ? »

Marge est irrésistible, aujourd'hui. Elle répertorie l'affiche italienne du cirque Pinocchio qui m'a bien suivi, la photo de Boileau et Narcejac, les romans d'Hervé et de Miguel, les dessins de Vassilis et des enfants : « Tu n'as rien de Dagobert, à part le livre ? Pas même une photo ? »

Pas une seule, non. Je déteste, comme tu sais, les photos des gens que j'aime. Marge le déplore une fois de plus et me culpabilise. Elle décroise ses jambes, attrape un cendrier sur la table et le jette brutalement à la corbeille, en visant juste : « On a dit qu'on ne fumait plus, tricheur ! Qu'est-ce que j'ai gagné ? »

Les femmes de ménage ne vont pas tarder. Marge s'est levée d'un bond, décide qu'il faut absolument les éviter et me suggère une échappée par les toits.

Elle s'est fixée devant le petit vasistas, me désigne l'escalier de secours en fer qui descend vers la cour d'en face.

« Comme ça tu l'auras fait... Viens, dépêche, me presse-t-elle. Si un jour tu veux vraiment t'évader, tu sauras au moins comment ça marche ! »

Elle n'a pas tort.

Et nous voilà en équilibre sur le fameux escalier, oubliant le froid et le vertige, à fuir tels des voleurs mon nouveau bureau sans regrets.

Tu me conseillais d'écrire pour livrer des secrets, ne serait-ce qu'un seul, peu importe sa taille. Tu rêvais d'un roman plus ample, plus excessif et moins français.

Tu m'accusais souvent d'éviter la scène, dans mes livres comme dans ma vie. « Bonnes ou mauvaises, tu passes toujours à côté, m'en voulais-tu. Les vraies scènes, tu ne les traites pas, tu les négliges. Il manque un an de cuisson à tout ce que tu publies... »

Je t'écoutais sans réagir. Tu nourrissais curieusement pour moi l'ambition que tu avais perdue. Je pensais à ton seul et unique roman paru, à couverture jaune. Je le relisais chaque été, simplement pour tenter de résoudre l'énigme. « On sait ce qui nous pousse à avancer, écrivais-tu, jamais ce pour quoi on renonce... »

Tu avais renoncé, tu t'aimais de moins en moins et tu m'aimais pour deux.

Le cinéma t'avait attiré pour sa vie de plateau, son surnombre, la variété de ses équipes. Tu t'accommodais volontiers de ses contraintes et de l'irrespect de son milieu. « Sur un plateau, je me sens chez moi », répondais-tu aux journalistes littéraires nostalgiques de tes débuts.

Mais tu n'avais consigné nulle part tes vrais tourments : ta naissance anglaise, la séparation de tes parents, les cavales de ton père. On t'avait circoncis comme moi malgré l'avis de ta mère, enseigné l'hébreu plutôt que le français. En quittant l'Angleterre pour la France à douze ans avec ton frère Max, tu ne possédais que cent mots et un gros dictionnaire. Tu es resté près d'un an sans parler.

Jusqu'aux derniers jours, tu engloutissais chaque soir un pot de miel entier en regardant tes vidéos : « C'est bon pour la gorge, te défendais-tu. Et ça ne fait pas trop grossir... Et puis, ça m'est égal. »

Tu disais ça pour tout, Dagobert. On te refusait un scénario, un baiser, un contrat, tu ne te froissais pas, tu continuais en t'obstinant : « Ça m'est égal... »

Tu accordais une importance démesurée à la fête de Noël. Tu utilisais les trophées d'escrime de ton fils comme cendriers quand il dormait et pas toi. Tu coiffais religieusement les poupées de ta fille afin de calmer tes insomnies...

J'aurais pu dresser une liste interminable de secrets pour t'aider à reprendre ta meilleure plume. N'étaient-ils donc pas assez grands, assez lourds et alors m'avais-tu menti sur le format réglementaire ?

Nous n'abordions pas le sujet, et finalement ne nous posions jamais de questions trop embarrassantes. « On se préserve », nous raisonnais-tu.

Ce serait pareil pour Marge et tout au long de notre relation avec elle. Dans l'essentiel de notre travail en commun, nous rejetions, éliminions avec trop de soin toute psychologie, toute forme d'analyse pour en faire sur le dos et le corps de Marge.

On ne comprendrait pas pourquoi, on oublierait comment.

Cela nous serait égal.

Marge est trop susceptible. Elle couine comme un chien et me supplie de jouer avec elle.

L'appartement est resté dans le noir, Marge ne le supporte plus en ce moment. Nous envisageons des parties de monopoly, de cluedo, de scrabble. Au mieux parvenons-nous à en démarrer une selon la boîte du jeu la plus proche du lit mais c'est pour l'abandonner aussitôt en cours de route, sans gagnant désigné. Ce sont toujours les mêmes lieux, les mêmes noms qui reviennent, les mêmes mots : Paix, Moutarde, Violet, Malheur.

« Tu ne trouves pas qu'on est devenus ennuyeux ? m'interroge Marge. Moi si, je suis devenue terriblement ennuyeuse. »

Elle évoque sa vie sans moi, c'est nouveau, ses journées et ses nuits à m'attendre :

« Et pourquoi je t'attends ? » Marge est tellement sombre. A titre d'exemple, elle choisit l'après-midi de la veille : « Hier, j'ai regardé un couple s'aimer par la fenêtre, ça m'a émoustillée un instant, j'étais prête à les accompagner sur le bout des doigts, rien de mal, même si le type était trop poilu et sans voir le cul de la fille, seulement l'endroit. Assez beau d'ailleurs, un ventre très rose, le rose du body que je me suis acheté la semaine dernière. Je les mate gentiment, quoi... Et puis voilà que leur petit garçon rentre de l'école, qu'ils se rhabillent aussi sec, au secours, et moi alors ?... J'ai craqué illico, coup sur coup j'ai allumé deux menthol. Me suis couchée à même pas neuf heures avec le reste des pâtes de fruits... »

Elle reprend sa respiration comme pour me dire quelque chose de grave : « Tu es sûr qu'on fait bien de se revoir ? Que c'est la meilleure façon, la seule solution ? »

Je caresse son visage, seule partie du corps de Marge autorisée aujourd'hui. Je m'en satisfais, m'attarde sur son menton et je lui répète que c'est mieux ainsi bien sûr, qu'on va tenir et se tenir.

J'ai de la chance, cela suffit à la ranimer : « Le café au café, alors ! me lance-t-elle en sautant du lit. Pas le moment d'ouvrir le gaz... »

Nous descendons sur le quai de Valmy, vers la terrasse du Mandrin où tu t'installais toujours côté ombre pour nous laisser le soleil à Marge et moi. Avec ta peau d'Anglais, évidemment.

« Il s'est vraiment fait incinérer, Dagobert ? » persiste Marge. Et je confirme. A combien de choses dois-je veiller ? Combien de détails ? Pour ne pas la blesser, la heurter davantage. Des indices à semer, des chemins à éviter, des souvenirs à perdre.

Le garçon est venu prendre la commande. Marge réclame deux express très courts et s'informe : « Vous avez bien un juke-box ? » Le garçon nous indique d'un geste vague la place, invisible d'ici, de la machine, à l'intérieur du café.

« Vous avez un grand choix de musique ? »

Le garçon nous engage à vérifier par nous-mêmes.

Je précède Marge dans la salle, avec tout un lot de pièces d'un franc. Elle sélectionne un titre des Rolling Stones, secoue ses cheveux dès les premiers accords puis retire ses chaussures. Et Marge se met à danser. Elle invite les clients médusés du comptoir à la rejoindre sur la piste improvisée. Certains acceptent et tentent mais en vain de suivre son rythme. Marge les a découragés, elle danse bien mieux toute seule. Elle chante de plus en plus fort et sa voix recouvre bientôt celle de Mick Jagger.

Personne au Mandrin ne semble la trouver ennuyeuse.

Notre trio commençait à vivre et Marge à nous surprendre. « Jamais un mot doux alors, s'indignait-elle, jamais un baiser ? » Après les phrases et les gestes les plus déplacés, elle adoptait parfois une attitude inverse, désolée, chiffonnée.

L'amoureuse sans amour, qui s'exprimait sur un mode vif et si brutal et nous imposait ses désirs les plus extravagants, cédait la place à une Marge timide et timorée, à demi convaincue seulement d'être dans nos bras.

Elle nous racontait alors le souvenir d'une adolescence tellement sage et solitaire, les turbulences d'une grand-mère adorée et sans doute mille fables : le vœu formé et exaucé de rendre la vue à un voisin de classe, le vol d'un cheval de bois dans un jardin niçois, son accident d'avion en Corse...

A peine le temps de nous laisser apprécier

le bout de son histoire, Marge avait déjà décidé qui de nous deux la prendrait en premier, de quelle manière et comment occuper l'autre pendant la séance.

« Je n'en préfère aucun, dites-vous-le bien, nous affirmait-elle. Je ne préfère personne ! »

Et nous, Dagobert, quelle Marge préférions-nous ? Sommes-nous bien sûrs de l'avoir partagée d'aussi bon cœur ?

Oui, c'était comme ça. A trois ou rien, je connais le refrain.

C'est récent : Marge s'arrange pour jouir en deux minutes. Deux minutes comme nous ne sommes plus que deux, insinue-t-elle. Une minute par personne, ça ne vaut guère plus. Une véritable course de vitesse, tu la verrais, et cette vitesse m'accable.

Souviens-toi, Dagobert, de tous les plaisirs que Marge parvenait à retenir, à contrôler, à retarder. C'est fini. Elle me tolère dans son ventre aussi longtemps que nécessaire mais en ce qui la concerne, c'est pris. Si maigrement, déjà oublié.

Elle ne m'aide pas non plus, paresse et se fatigue. Elle m'accorde sa langue à condition que j'implore ses caresses. Me cède si je la prie.

De toutes les façons, elle préfère garder sa bouche libre, ne serait-ce que pour parler, pas forcément de toi : les travaux qu'elle envisage d'effectuer dans l'appartement afin de rafraîchir les murs, les devis qu'elle compare à voix haute, son nouvel emploi à mi-temps qui la rase, et puis tes autres femmes, oui, ça je crois que ça l'amuse.

Marge ne t'en a jamais voulu de courir.

Elle te permettait de recevoir des appels ici, du courrier. Ne lui laissais-tu pas en dépôt des objets de provenance soi-disant inconnue, tous impossibles à ramener chez toi ? Marge réussissait toujours à retrouver leur origine exacte. Elle écrivait minutieusement au crayon à papier le prénom de tes bienfaitrices à côté de chaque objet. Sans commettre la moindre erreur, sois tranquille.

Nous sommes sincèrement désolés pour le carré en soie d'Isabelle. J'étais là quand c'est arrivé, je t'assure que Marge n'y est pour rien.

Tu y tenais tant. Nous comptions le conserver dans le même état, dans l'état où tu nous l'avais confié, taché de sang, du sang d'Isabelle mêlé au tien. Ta première nuit d'amour dur, nous disais-tu.

Un jour de désordre, le carré de soie

d'Isabelle aura glissé du tiroir de la commode. C'est la femme de ménage qui l'a ramassé, lavé et repassé. Plié avec le plus grand soin. Je me doute bien qu'ainsi, il ne présente plus aucun intérêt.

Nous l'avons jeté avec le reste des cartouches de Marlboro, les bracelets de Gaëlle, les anneaux de Joëlle.

On ne repeindra pas l'appartement, j'ai convaincu Marge. Et puis je me méfie : qui me dit qu'elle ne retournera pas à Londres ? Elle y a vécu cinq mois finalement et pas neuf, mais c'est déjà beaucoup. Elle ne va pas engager tous ces travaux pour moi. Je ne vis pas là, j'y passe.

Tu t'étais retiré dans un hôtel plus discret et surtout plus modeste, obtenant pour le prix de ta single au Marmont un appartement assez vaste où l'on ne se sentirait pas à l'étroit quand nous y serions tous les trois.

Tu n'avais pas dormi. Une Marlboro aux lèvres, tu m'attendais dans le coin salon, tu m'as accueilli sur ce constat : « On ne peut plus se passer d'elle. »

Tu t'exprimais sur un ton doux, parfaitement calme.

« Tu pourrais te passer de Marge, toi ? »

Je t'avais répondu « non bien sûr, pas plus que toi » et déjà, tu t'inquiétais :

« Vous n'avez pas pris le même avion ? »

Non. Marge avait décidé que nous embarquerions sur deux compagnies différentes. C'est elle que tu avais invitée à Los Angeles aux frais de la production, c'est elle qui t'imposait ma présence.

« Ça marche si bien comme ça », nous chantait Marge.

Voilà, ça ne lui plaisait qu'à trois désormais. Tu ne t'en plaignais pas, tu admettais volontiers au contraire que si nous ne l'avions pas fait, Marge aurait fini par se lasser, tu l'aurais probablement perdue.

Qu'est-ce qu'on en sait, Dagobert ?

« Avec toi, je la garde, te persuadais-tu. Heureusement que tu es là. »

Tu ne m'as même pas demandé si j'en avais profité pour prévenir mon père, la question n'était plus d'actualité. Je n'avais prévenu personne, évidemment : comment aurais-je bien pu justifier ce séjour ?

Non, le voyage ne m'avait pas fatigué. Tu étais fatigué, toi ? Nos efforts, cette réunion, ce rendez-vous nous paraissaient très naturels. On ne serait jamais assez fatigués, jamais trop raisonnables pour résister à Marge. On lui céderait toujours.

Nous avions résolu de l'aimer dès son arrivée, dans le couloir de l'entrée, suggérais-tu, au milieu des sacs, des valises entrouvertes, ça lui apprendrait. « Quand je vous disais qu'il était temps ! » nous soufflerait-elle.

Pouvait-il en être autrement ? Et comme c'était facile. Descendre le long de Marge dès lors que tout son corps semblait nous y engager, nous confirmer qu'elle était prête, favorable au pire. Par un signe malin, un geste court, Marge nous indiquait elle-même les stations, les arrêts, les passages pour mieux s'abandonner. Et donc se perdre et donc gagner. Elle qualifiait de récompense ce qu'elle nous réservait de meilleur après ses petites victoires. Insistait pour qu'on la guide à notre tour, que l'on devienne bavards et exigeants, maîtres des lieux, mais tous les deux. Toujours ensemble.

Elle venait de nous engloutir. Ne s'endormirait ce soir-là, en Californie, comme ailleurs, que rassasiée et en nous murmurant ses mots d'esprit tordus : « Je plains sincèrement tous les culs, tous les ventres qui ne vous ont pas. Que la nuit vous protège et protège vos merveilles. »

J'avais dû veiller à ce qu'elle dorme plus

profondément avant d'appeler Paris. Tu me regardais téléphoner chez moi avec un air d'effroi. Malgré les apparences, tu étais plus entier que moi, moins retors, incapable de mélanger aussi confusément tous tes lits, tous tes draps.

C'était déjà le matin là-bas, beau soleil, l'heure du petit déjeuner avant le départ pour l'école, j'entendais s'entrechoquer les bols de céréales, on me croyait en Grèce. Je donnais de bonnes nouvelles aux enfants, racontais à ma femme l'excellente soirée d'Athènes, le début des rencontres avec les traducteurs quand elle m'avait interrompu : j'avais reçu une lettre de mon père d'Amérique. En mon absence, ma femme l'avait ouverte. Eddie devait se faire opérer, ce n'était pas grave, pas assez pour me gâcher mon séjour. Je m'étais renseigné malgré tout sur la date de l'intervention, le nom et l'adresse de la clinique. « Tu ne vas pas te manifester maintenant d'Athènes... Tu ne lui as pas écrit depuis des mois... » me disait ma femme. J'avais reconnu que l'idée, en effet, le réflexe, étaient probablement incongrus et je l'avais embrassée longuement, bruyamment, sans le moindre désir de raccrocher.

Eddie est sorti de la clinique George Washington le troisième jour au bras de Virginia. J'avais surveillé jusque-là, de la cabine la plus proche, les allées et venues de chacun, amis, demis, Virginia. Et parlé au chirurgien. Tout s'était passé normalement sans véritable complication.

Garée au coin du boulevard, la Volvo géante allait démarrer sous mes yeux, Virginia au volant. Eddie, à ses côtés, caressait ses cheveux, sa nuque et lui souriait tendrement.

J'ai attendu de les voir disparaître tous les trois du champ, la Volvo, Virginia, mon père, avant de quitter, soulagé, mon poste de sentinelle.

A qui d'autre que toi pouvais-je bien confier tout ça, Dagobert ?

Avec ces événements et Marge dans nos draps, tu avais pris un retard considérable dans ton travail. Le lendemain du retour de mon père à son domicile, je t'avais chargé de lui donner un coup de fil, c'était plausible. Nous avions suspendu notre partie avec Marge, je m'étais muni de l'écouteur. Mais pour rien. Eddie avait dû oublier de débrancher son répondeur. Tu as laissé un message dont j'improvisais le contenu à mesure.

Mon père n'a pas rappelé.

Depuis ta mort, on se protège : Marge me soupçonne de traîner ailleurs. Elle sait que je n'aime pas ça, alors elle s'en occupe elle-même, me conseille de fermer les yeux pendant l'opération, m'invite à penser à autre chose. Penser à quoi, Dagobert ? C'est devenu le meilleur moment, figure-toi, quand Marge me la réveille pour l'habiller.

Ça ne doit pas non plus lui déplaire, elle prend ça visiblement comme un jeu, se complique la tâche, n'utilise ni ses mains ni ses doigts. Seules la bouche et la langue travaillent. C'est mieux ainsi, ça dure longtemps. « Tu vois, tu n'as rien senti », se félicite-t-elle. Marge se trompe. C'est maintenant que je ne sens plus rien, dès qu'elle se met à chercher la tienne en agitant en tous sens sa boîte de marque allemande, qualité supérieure. Il nous en reste. Plein. C'est une boîte familiale. Pour tous les coups dont tu la prives.

« Dagobert est sûrement dans la salle de bains, décrète Marge. Il se la nettoie encore. Tu crois qu'elle a déjà servi aujourd'hui ? Qu'il a réussi à la faire pleurer ce matin ? A l'heure du déjeuner ? »

Marge adopte un nouveau registre, m'agresse. Je la raisonne, la berce un instant dans mes bras. Peu à peu, elle réalise, se ressaisit : « Dans ce cas, s'il est vraiment mort, me dit-elle, on a été des cons. On aurait dû apprendre l'anglais couramment, déménager, s'installer à la campagne, faire parents. Tiens, c'est vrai, pourquoi on n'a pas fait parents ? »

Parents de qui, Dagobert ? Existe-t-il des demi-enfants comme des demi-frères ou sœurs ? Tu imagines franchement notre Marge en train d'élever un enfant ?

« Et si on adoptait Oscar, poursuit-elle. Ça ne s'adopte pas un poisson ? »

Elle dessine sans craie ni crayon un aquarium, d'une taille assez grande pour contenir Oscar.

Marge hésite sur la place idéale de l'aquarium. Elle marche de long en large dans la pièce, prend des mesures, perd pied à force, puis se résigne : « Fais-moi l'amour, je t'en prie. Même vite, même mal, ça va aller... »

Son ton est larmoyant, suppliant, insupportable et je ne suis plus bon à rien, Dagobert : « Tu n'as qu'à l'enlever, si ça te gêne, rectifie Marge. Ça doit te diminuer ce truc-là, c'est normal. »

Ce n'est pas ça qui me diminue.

Au tour de Marge de me consoler. Elle me donne un vrai baiser d'amoureux, les lèvres bien mouillées, me le retire délicatement en flattant l'impuissante : « On n'est pas obligés de baiser, non plus... »

On s'est couchés, il n'est pas si tard. Marge a ouvert *Marie-Claire* à la bonne page, bien résolue cette fois à effectuer la démarche. Elle relève le nom du chef de la rubrique « Moi lectrice », tout en s'inspirant du titre de l'aventure du mois, trouve le sien, « Deux hommes dans la peau », et entame son récit à tue-tête : « Tu me corriges si ça ne va pas... » Marge est lancée : « Pendant près d'un an, deux hommes m'ont baisée trois fois par semaine. Les deux en même temps. Deux hommes très mariés et très en vue dans le milieu des arts et lettres. Je préfère taire leurs noms, je pense à leurs familles que je respecte, à leurs femmes et à leurs enfants. J'ai commencé avec le plus vieux — trois bons mois, rencontre dans un avion long-courrier, l'excitation du voyage, il m'a caressée au bout de quatre heures de vol. Bien. Très bien. J'ai adoré ça. On s'est revus à Paris, chez moi, toujours chez moi. Histoire classique. Assez vite, j'ai senti qu'il s'amusait moins et moi avec. On regardait nos montres, la télé, les cendriers. On manquait de compagnie, de distraction. Par chance, on n'était jamais vraiment seuls. Le meilleur ami de mon partenaire traînait tout le temps dans nos pattes. On l'avait sous la main. Plus jeune, plus farouche, mais je lui plaisais et il me plaisait aussi. Plutôt que de passer de l'un à l'autre comme le font la plupart des filles que je connais, mes sœurs par exemple, j'ai introduit l'inévitable dans notre partie. On aurait pu craindre le pire : que l'amitié des deux hommes se brise dans mon cul. C'est le contraire qui s'est produit. Pas de jalousie, aucune rivalité entre mes deux trésors. Ils se sont aimés de plus en plus. Me réclamaient ce qu'ils voulaient (fellation, sodomie, quoi encore...), je les comblais à chaque reprise. Pareil pour moi et de tous mes côtés... Mais c'est fini. Je vous écris parce que notre belle équipe est décimée. Mon plus vieux partenaire a disparu et sa queue nous fait défaut. L'autre a tout essayé pour me satisfaire mais ça n'a pas marché. Il ne va pas s'en faire pousser une deuxième. Résultat, il nous en manque une. Que me conseillez-vous ? »

Marge est aux anges.

Nous rions enfin. Nous devinons les réactions du journal, des rédacteurs en recevant son courrier. « Ils ne la publieront jamais, hein ? » Marge rit de plus belle.

On a coupé le son de la petite Sony. L'image de la télé nous sert d'unique source de lumière. Marge ne se souvient pas lequel de nous deux la lui a offerte. Je suis certain que c'est toi, pour fêter ton contrat avec Hamster.

« Heureusement qu'on ne s'aime pas, ajoute Marge, dans un demi-sommeil. Qu'est-ce que ça serait si on s'aimait ? »

Comme il était agaçant à la longue de vous entendre vous noircir et nous dévaluer. Je me demandais souvent et à votre insu si notre affaire n'était pas plus tendre que ça.

Parfois, on se donnait une chance, les « je ne t'aime pas » cessaient de pleuvoir. Vous sembliez interrompre, Marge et toi, votre sinistre compétition du pire.

« Pas aujourd'hui », nous avait prévenus Marge en nous refusant même l'hospitalité des lieux. Elle avait peu dormi, des soucis et, en prime, ce qu'elle appelait son « rouge ».

Elle dansait sans musique devant la porte de son immeuble en guettant la moto. Tu avais freiné au tout dernier moment dans le seul but de la faire rire. Marge n'avait pas ri.

Son ventre fermé, elle pensait sincèrement

que l'on s'éviterait le voyage : « Qu'est-ce que vous voulez faire ? »

Nous n'étions pas moins désemparés de nous retrouver dans la lumière du jour, dehors, au milieu de la rue, sans le moindre programme.

On n'allait pas se fixer des rendez-vous d'amoureux, maintenant. Tenter de s'aimer comme s'aiment les autres puisqu'on ne s'aimait pas. On n'allait pas reprendre à l'endroit ce qu'on avait commencé à l'envers. Marge nous avait défiés : « Vous me payez quand même un tour ? »

On s'était baladés dans le quartier Bastille, Marge nous faisait découvrir des passages insolites et secrets. Nous la suivions aveuglément, pour l'unique plaisir d'être ensemble, dans les marchés, les pharmacies, jusqu'au rayon des variétés de la Fnac la plus proche.

Le disquaire avait eu l'air assez surpris de nous voir acheter le même disque en trois exemplaires. Oui, il y en avait bien trois. Non, ce n'était pas pour offrir. Le disquaire en avait déduit que l'un de nous avait dû perdre un gage.

Affaires personnelles

Ce fut une après-midi aussi belle, curieusement, tu avais du mal à l'admettre. Nous n'avions jamais été tous les trois aussi près du chiffre deux.

Marge se renseigne, c'est normal : « Tu crois que tu vas savoir t'y prendre ? Tu n'as pas oublié ? Tu l'as refait avec quelqu'un, toi ? Moi non, avec personne. »

Marge est encore très réservée : « Et nos ventres ? Ils ne seront pas trop timides, t'es sûr ? » Alors, elle me met en garde : « Si j'ai mal, si ça ne me plaît pas, pas du tout, je te le dis et tu arrêtes. Tu me promets ? »

J'ai promis.

Marge n'a pas fini, elle me dispense ses conseils, maintenant : « Caresse-moi un peu, au moins... On ne va pas se lancer comme ça. Serre-moi, touche mes seins, mes fesses... Je dois en avoir envie, même pas beaucoup, un minimum... »

Elle pense à toi, Dagobert. Ça t'étonne ?

« Sans lui, évidemment, je ne te garantis

rien. Ne t'attends pas à un miracle, tu t'attends à un miracle ?

— Non.

— Tu ne seras pas trop déçu si je ne suis pas contente ?

— Non.

— Contente comme avant, dis-toi que c'est IM-POS-SI-BLE ! »

Elle a détaché chaque syllabe pour rendre la chose plus impossible encore. Je mesure combien ce sera long et sinueux.

Le principal paraît pourtant acquis : Marge est d'accord pour essayer. Elle s'immobilise sur le drap, baisse le volume de la lampe et les yeux. Ça me change d'autrefois, en effet, quand notre Marge, les yeux bien ronds, n'en perdait pas une miette.

En fermant les paupières, elle m'affirme que ça va, que je peux continuer, avancer dans ma besogne.

Aimer Marge n'était pas une besogne, Dagobert.

Tu avais toujours ton père. Il était vieux et d'une constitution exemplaire. Tu t'inquiétais de savoir s'il disparaîtrait un jour, s'il ne te survivrait pas par esprit de contradiction. Tu avais failli lui parier que tu t'en irais avant lui. Tu aurais gagné. Au jeu, ton père n'avait jamais eu beaucoup de chance.

J'ai appris le départ du mien à la fin d'un repas de famille. On se voyait déjà moins, tu enchaînais les tournages et j'ai voulu t'épargner, ne pas te mêler à ça.

Mon frère Brian s'était procuré mon nouveau numéro par les Editions. Je l'entendais à peine et le comprenais mal. Je ne comprenais pas si c'était grave, s'il voulait seulement nous dire bonjour, s'il n'était pas simplement de passage en France, à Paris pourquoi pas, je m'apprêtais à l'inviter à la maison. Brian, manifestement, ne parvenait pas à m'annoncer la mort d'Eddie en entier. Il ne me connaissait pas. Peut-être craignait-il ma réaction et avait-il choisi de me ménager ? Son vocabulaire semblait plus restreint que le mien. Il employait les quatre mêmes adjectifs et les répétait dans le désordre : « lourd, dur, triste, important... »

J'ai fini par lui poser la question : « Est-ce que notre père est mort ? »

Brian m'a paru aussitôt soulagé. Il lui suffisait maintenant de dire « oui, oui, oui » et de me préciser la date de l'enterrement. Je lui ai répondu que j'y assisterais et Brian m'a remercié comme si je lui faisais un honneur.

Ma vraie mère aux trois prénoms dînait avec nous. La soirée était assez gaie avant ce coup de téléphone. Ada-Peggy-Romana avait longuement évoqué le souvenir de l'un de ses anciens amants, Jean, dont elle n'avait pas perdu la trace. Jean s'orientait vers une nouvelle carrière : nettoyeur de montagnes. Il avait lu dans *Géo* que les montagnes étaient de plus en plus sales et se préparait à aller faire le ménage au sommet de l'Everest.

Il y a tant d'activités insolites qui avaient tenté Jean durant sa vie : compagnon de la chanson, gynécologue au Vatican, indicateur de mirages dans le désert...

Ma vraie mère a attendu que je raccroche, que j'éloigne les enfants : « Eddie est mort, c'est ça... Ça t'embête ? »

Elle s'est resservie à boire, nous a embrassés, ma femme et moi : « Avouez que vous avez bien fait de m'inviter ce soir. C'est vrai que ça tombe bien. Pauvre Eddie ! Je ne veux pas en rajouter mais vous voyez, même à moi ça m'en fiche un coup. »

Elle a avalé le contenu de son verre d'une traite et, tout en me caressant la main : « Tu es sûr que tu dois vraiment y aller ? »

Nous nous sommes couchés tôt. Ma femme m'a posé la même question. Si au moins tu étais à Los Angeles en ce moment, ça l'aurait rassurée. Mais non, je lui ai parlé de ton film au Portugal dont le tournage s'étalait sur huit semaines...

« Tu veux que je vienne avec toi, alors ?

— Non. »

Ma femme n'a pas insisté. Je l'aime pour ça, parce qu'elle n'insiste pas.

Le téléphone a sonné une dernière fois.

Encore une patiente du docteur Bakera qui appelait pour se plaindre du traitement.

Je ne t'ai jamais mentionné l'existence du docteur Bakera. Je ne le connais pas. Je sais qu'il porte le même prénom que mon père, Eddie, qu'il est diététicien, et j'imagine que ses résultats ne sont pas bien probants. On nous avait attribué sa ligne lors d'un changement de numéro et nous recevions un nombre incalculable d'appels. Toujours des femmes, énervées, contrariées de ne pas avoir assez maigri. « Qui est à l'appareil ? s'impatientait mon interlocutrice du soir. C'est toi, Eddie ? » Je lui ai déclaré qu'on ne plaisantait plus. Le vrai Eddie était mort. Il valait mieux cesser d'appeler.

La patiente aura donné le mot aux autres, les appels se sont espacés. Bientôt, il n'y en aurait plus.

Le sac de Marge pèse cent grammes. Elle n'a rapporté que des disques pirates, des produits de maquillage et du chocolat.

La plupart de ses affaires sont restées à Londres. Elle me félicite pour l'état de l'appartement. Je ne m'en vanterai pas mais j'ai pris la liberté de dormir ici de temps à autre. Surtout que l'appartement n'ait pas l'air inhabité, trop vide ni sans âme au retour de Marge.

Je me suis arrangé pour y coucher cette nuit. Ainsi, dès hier, j'ai pu allumer le chauffage, brancher le réfrigérateur, la petite Sony, la chaîne hi-fi.

Marge m'avait dit « dans la journée de mardi » sans me préciser d'heure. Je l'ai guettée à la fenêtre toute la matinée.

Les voyages la fatiguent, maintenant. Elle s'est jetée sur le lit, se détend en fixant le plafond : « Va falloir repeindre un de ces jours... » commente Marge.

Je lui fais couler un bain, lui propose un repas froid. Mais elle n'a pas faim, ne se sent pas sale : « Ou alors, me nargue-t-elle, je suis sale depuis trop longtemps. »

C'est la première fois qu'elle revient ici depuis son départ, je ne m'attendais guère à mieux. Je dois tout lui passer, l'apprivoiser, la reconquérir.

Elle a encore embelli. Le fait d'avoir maigri peut-être, d'avoir conservé ses cheveux à la bonne longueur. Ses yeux se sont enfin agrandis, ils ne brillent pas comme jadis mais n'ont pas perdu leur éclat ni leur couleur d'herbe grasse. Ses lèvres sont toujours aussi épaisses et d'égale épaisseur, son nez aussi fier.

Elle dissimule la suite sous un pull-over de frère aîné qui descend jusqu'à mi-cuisses et m'empêche de te décrire le meilleur.

Je la contemple sans un mot, sans un geste.

Aujourd'hui, je suis sûr de l'aimer, Dagobert. Je connais le détachement dont vous êtes — ou vous êtes crus — capables tous les deux. Moi pas. Moi plus. J'aime Marge et je l'admets. J'accepte de ne plus la toucher si tel est son désir, je le lui ai écrit à Londres pour la décider à rentrer. Je ne veux plus jamais que l'on demeure, Marge et moi, coupés l'un de l'autre aussi longtemps. J'ai besoin de savoir toujours où elle est exactement, avec qui, contre qui. Savoir si elle se nourrit correctement, si ses nuits sont bonnes et ses réveils agréables.

Marge me désignera ma place, mon rôle, je les remplirai. Je te chercherai ailleurs s'il le faut. Ailleurs que dans sa peau. Car il n'y a pas que ça, pas que toi.

Je n'aimerais pas être à ma place, devant la réception du Westwood Marquis, un sac de voyage en bandoulière. Brian vient de m'indiquer qu'il m'a obtenu un prix de faveur. C'est le cabinet d'avocats où Brian effectue son stage qui s'est occupé de la réservation de la chambre. Ils ont des arrangements avec ce type d'hôtel.

Brian a beau être mon cadet de seize ans, il me paraît plus costaud que moi, plus solide. Je sais : tu me reprochais d'avoir déjà écrit un livre complaisant sur ce thème, tu trouveras que je rabâche, mais le rôle de l'aîné ne me convient définitivement pas. Eddie se serait tellement mieux conduit que moi dans ce genre de circonstance.

Je sens bien que j'ennuie Brian avec mon problème de mousse à raser. Il s'est tout de même renseigné auprès de l'hôtel.

Le concierge a disparu sous son desk et il a sorti d'un tiroir cinq tubes de mousse de marques différentes. Brian choisit la plus simple, la Williams bleue. Il règle le concierge et, en pointant du doigt le col ouvert de ma chemise, m'avertit que je n'aurai pas besoin de cravate : ce ne sera pas une grande cérémonie.

Il m'embrasse en faisant seulement cogner ses joues contre les miennes et me souhaite une nuit paisible. Je regarde mon frère sauter dans sa Corvette décapotable, jouer avec son trousseau de clés qu'il envoie en l'air sans jamais le faire tomber. Je ne possède même pas mon permis auto.

Je verrai les autres demain matin. Brian passe me prendre à huit heures trente, on enterre le vrai Eddie à dix heures, le cimetière est à deux pas et je me demande pourquoi le rendez-vous a été fixé si tôt.

Un vieux groom m'a accompagné jusqu'à ma chambre du onzième étage. Je m'aperçois que je suis parti sans changer d'argent. Je tends au groom un billet de deux cents francs qu'il a l'air de considérer comme un billet de monopoly. « Ça a une valeur quelconque ? » s'inquiète-t-il en fourrant néanmoins les deux cents francs dans sa poche. Et avant de filer, il me signale que le room service fonctionne toute la nuit.

C'est parfait. Je commande immédiatement une boisson fraîche et un sandwich : « Midnight sandwich ? » me propose le maître d'hôtel. J'approuve sans rechigner.

J'ai avalé mon sandwich tout rond, sans songer à m'asseoir.

En me penchant à la fenêtre, je distingue l'affiche d'un film qu'Anne Parillaud a tourné aux Etats-Unis. Elle est déguisée en vampire, du sang coule de sa bouche, on a teint ses cheveux en rouge et ses yeux lancent des flammes. Effrayé par le nouveau visage de l'actrice, j'en profite pour baisser le store.

Anne Parillaud ne nous a-t-elle pas refusé un sujet, Dagobert ? Mais si. On ne lui en a même pas voulu, tu n'en voulais jamais à personne. C'était le rôle d'Angela. On ne l'avait pas écrit pour elle, au départ. Cinq autres comédiennes, pas moins, nous avaient déjà jeté le scénario à la figure :

« Vous vous prenez pour qui ? Envoyez ça à une fille du porno ! » nous disaient-elles.

En m'endormant sous l'effet délicieux des somnifères, je pense au personnage d'Angela, aux scènes les plus chaudes que nous avions imaginées. Heureusement que Marge ne lisait pas tes scripts.

Brian a recapoté la Corvette pendant la nuit, c'est plus sérieux. Il ne quitte pas la route des yeux et remarque lui-même que nous aurions très bien pu aller enterrer Eddie à pied. Il fait un temps radieux.

Mon frère me dépose devant l'entrée du cimetière. Lui est resté dans l'auto, au volant, sans couper le moteur. Il me confirme que la cérémonie commence bien à dix heures et ajoute gentiment qu'il ne tient pas à participer à ce qui m'attend.

Peu enthousiaste, je gagne à pas lents le bout de la première allée. Je reconnais, amassés en un petit cercle sur le perron d'une villa de construction récente, la plupart des visiteurs de la clinique Washington, tous inchangés depuis mon récent séjour : ma sœur Linda, le couple d'amis d'Eddie, les Zarafian et leur fille, l'ancienne secrétaire de mon père, Dorothy, et Virginia. C'est une assemblée minuscule, ridicule.

Virginia est la seule des sept personnes à s'être habillée en noir. Je l'embrasse donc en premier mais sans trop la serrer de peur de froisser sa robe. (Est-ce de la soie ? Du taffetas ?) Puis, c'est au tour de Linda, de Dorothy, des Zarafian... Tout le monde me remercie d'être là.

Je suis présenté aux deux responsables des pompes funèbres chargés de veiller au bon déroulement des opérations. Le plus grand, un blond presque albinos, semble particulièrement ravi de me voir : « Vous êtes l'aîné, me dit-il, en consultant la liste alphabétique qu'il tient à la main, celui qui habite en France... » Et il coche aussitôt mon nom d'une croix. « Dans ce cas, me presse-t-il, c'est à vous d'y aller. » Mais où ?

Je préfère ne pas trop réfléchir et suivre sagement l'albinos.

Nous pénétrons dans la villa, dépassons la salle d'accueil, les bureaux comptables. Mon guide s'immobilise enfin devant la porte capitonnée de la pièce du fond. Il l'ouvre d'un coup sec : « Entrez donc », m'encourage-t-il et il referme derrière moi.

Mon père est allongé dans son cercueil, les yeux clos. Je me retrouve seul avec lui, m'approche sans la moindre hâte.

Je constate d'emblée qu'Eddie est à son avantage. Il porte l'un de ses plus vieux costumes, le bleu très soutenu, ses chaussures en daim, une chemise blanche et une pochette saumon assortie à son nœud papillon.

Je l'observe d'un peu plus près, lentement le dévisage et soudain, je pense à Yves Montand. Je ne sais plus aujourd'hui qui est mort le premier, d'Yves Montand ou de mon père. Inutile de vérifier. Je me souviens à cet instant d'une confidence de Montand à un journaliste. Montand avait déclaré qu'après avoir mangé du camembert ou du poisson, il passait une heure devant la glace de sa salle de bains à se brosser les dents.

Mon père est extraordinairement propre, sans doute l'a-t-on légèrement maquillé, je soutiens mon attention mais il n'y a rien à faire, je revois encore Montand se brosser électriquement les dents à la Waterpick, attaquer la mâchoire supérieure avec une réelle détermination.

Eddie est beau comme ça. J'aimerais bien lui confier quelque chose, un objet, un secret, mais je n'ai que des questions. Toujours les mêmes. Sur ma mère, puis sur Joan, la mère des demis. J'ai une occasion inespérée de pouvoir lui parler comme je te parle. Je ne dois pas gâcher ça. Si c'est Virginia qui l'obsède, je vais lui parler de Virginia en serrant sa main glacée aux tons violets : « J'espère que tu es parti dans sa bouche, lui dis-je, j'aimerais tant partir comme ça moi aussi, dans la bouche de celle qui m'accueillera en dernier. Tu en connaîtras d'aussi bonnes là-haut, des plus gourmandes. Laisse-les s'ouvrir, te découvrir. Ne leur dis rien surtout, ne leur dis jamais que tu es mort, endormi seulement d'un beau sommeil, elles te réveilleront d'autant mieux... Sois confiant... »

Il est normal pour une fois qu'il ne m'entende pas, ne me comprenne pas. C'est dommage. Je suis en verve et donne de sacrés conseils. Je promets finalement à Eddie ce que j'aurais pu te promettre.

Il est encore si tôt, Dagobert. Je consulte ma montre et je ne suis pas sûr d'être resté assez longtemps au chevet de mon père. Je crains encore que les autres ne me jugent trop léger, trop rapide.

Tant pis. Ils penseront ce qu'ils voudront. Cette conversation nous a rendus extrêmement vivants, Eddie et moi, assez durs, assez costauds, assez solides. Je décide d'affronter les autres, maintenant.

Brian nous a rejoints comme il l'avait dit. Nous avons formé une chaîne autour de la tombe que deux ouvriers finissent de creuser. Constantin Zarafian a préparé un discours qu'il lit très mal, en trébuchant d'émotion sur les trois quarts des mots. Je n'y comprends rien. L'accent américain de Zarafian est encore plus épais que celui de mon père.

A mi-discours, un paquet de Pall Mall glisse dans la fosse. Les ouvriers se demandent entre eux, à voix basse, s'ils doivent le ramasser. Personne n'a osé interrompre Constantin, on ne sait pas à qui appartiennent les Pall Mall, elles vieilliront avec mon père.

Je ne pleure pas. La mort d'Eddie fait bien mieux que m'embêter.

Nous nous promenons, Linda et moi, parmi les tombes. Ma sœur m'apprend que Natalie Wood est enterrée ici, Marilyn Monroe aussi. Notre père avait choisi depuis longtemps leur belle compagnie. « Tu n'imagines pas ce que ça coûte ! m'annonce Linda. Dis un prix pour voir... »

Aurais-je dû lui proposer de payer quelque chose ?

Virginia nous a rattrapés devant la villa du cimetière. Elle a établi mon programme de la journée : déjeuner avec elle, thé avec mes demis à l'appartement d'Eddie, passage obligé à mon hôtel, retour à l'aéroport dans la soirée.

« Tu repars ce soir ? s'étonne Linda.

— Oui. Par le vol de vingt-deux heures trente.

— Tu ne peux pas prolonger d'une nuit ?

— Non. En plus, c'est la période des prix littéraires...

— Et c'est l'un de tes auteurs qui va gagner ? »

Virginia a sélectionné un restaurant de plage à Santa Monica. Nous nous sommes installés au soleil, sur la terrasse qui domine l'océan. Elle a changé de robe et je remarque en découvrant ses bras nus qu'elle est terriblement bronzée, presque noire.

Dans la Volvo, sur le chemin de la plage, Virginia m'a révélé qu'elle était comédienne. Eddie avait souhaité me le cacher.

« Pour ne pas vous heurter. A cause de votre mère. Elle aussi, n'est-ce pas ?

— Oui.

— Vous êtes le fils de Pascale Roberts ?

— Mais non. »

Je suis abasourdi, je ne comprends pas comment elle a pu entendre parler de Pascale.

« On se connaît tous entre acteurs de second plan », m'explique-t-elle.

Virginia paraît la plus affectée de nous tous par la disparition d'Eddie, mais plutôt que d'évoquer son absence, elle s'est mise à me poser mille questions sur ma vie, mon enfance sans père :

« Votre mère prononçait-elle souvent son nom quand vous étiez petit ?

— Non. Pas son nom.

— Alors un autre nom pour le désigner... Un diminutif ?

— Le grand. Ma mère appelait Eddie le grand. Le grand Américain, parfois.

— C'est drôle.

— Oui. Pourtant, quand ma mère était en colère, elle m'appelait *petit con* et mon père *grand con* pour nous différencier.

— Vous êtes sérieux ?

— Oui.

— C'est très pénible.

— Au contraire. C'est comme ça qu'on finit par écrire des romans. Mes parents m'ont toujours offert des situations tellement romanesques. Aujourd'hui encore, regardez...

— Que voudriez-vous savoir pour enrichir la situation ? Combien j'aimais votre père ?

— Ça, je le vois. C'est inutile.

— C'est intéressant si je vous dis que

nous avons fait l'amour jusqu'au bout et en adorant ça ? Ed tenait absolument à ce que vous l'appreniez un jour.

— Vous me l'apprenez.

— Ça a l'air de vous ennuyer...

— Je dois être un peu gêné, voilà.

— Votre père n'aurait pas réagi comme ça. Rien ne le gênait, lui.

— Je ne suis pas mon père, Virginia. »

Je l'ai blessée. Elle s'est brutalement fermée, répond à peine à mes propres questions, plus courantes : « Allez-vous rester à Los Angeles ? Conserver votre maison ? Vous séparer de la voiture ? »

« Je ne sais pas », me répète Virginia d'une voix blanche.

Elle ne se bat pas pour régler l'addition ni pour retenir ses larmes.

« Il faut être tendre avec Brian et Linda, me dit-elle enfin en m'invitant à remonter dans la Volvo. Ils n'ont plus que vous, maintenant. »

Mes demis s'impatientaient. Ils ont aligné dans le couloir vide de l'appartement de Camden Avenue les six bouteilles de bon bordeaux que mon père me destinait depuis qu'il ne buvait plus.

Je ne vais pas ramener ça à Paris. Mais ils insistent. Linda m'a acheté un sac de voyage supplémentaire et ils disposent tous les deux sous mes yeux les bouteilles à l'intérieur du sac afin que je ne les oublie pas.

Mes livres sont regroupés par ordre de parution dans la bibliothèque. J'en saisis un au hasard pour relire la dédicace. Mes demis croient alors que j'ai envie de les récupérer avec les bouteilles : « Les éditions reliées sont dans la chambre. Dans *sa* chambre ! » me précise Brian.

Je n'irai pas dans la chambre de mon père. Je ne compte pas m'éterniser ici, Dagobert. Je vais plutôt faire un saut à l'hôtel, je ne serai pas long. Je veux seulement m'enfermer dans la salle de bains avec la brosse à dents d'Yves Montand et les six bouteilles. Je me procurerai un tire-bouchon aussi, le tire-bouchon du mini-bar fera l'affaire. Je viderai le contenu de chaque bouteille dans le lavabo ou la baignoire, puis je me débarrasserai des six cadavres et je me laverai les dents.

Je suis étourdi, sans doute trop sensible. Je veux rentrer chez moi, auprès des miens, ou à défaut vous retrouver Marge et toi dans un hôtel voisin, un Ibis américain, laisser couler le bordeaux dans le ventre de Marge, j'ai repéré du beychevelle dans le lot, on va le partager... Tu m'entends, Dagobert ?

Mes demis me secouent depuis quelques minutes. Je les reconnais très distinctement en écarquillant les yeux : « Tu t'es endormi dans *son* fauteuil, ça te va bien », me rassure Linda en m'aidant à me relever comme si j'avais vieilli de quinze ans.

Brian me conseille d'utiliser sa douche à l'étage supérieur : « C'est une dure journée pour toi aussi », présume-t-il.

Il est déjà allé chercher mon vrai sac au Westwood Marquis, je n'aurais pas eu le temps d'y retourner avant l'aéroport. Le concierge de l'hôtel lui a remis une enveloppe à mon intention.

Linda a deviné qu'il s'agissait d'un message de Virginia : « C'est son écriture, en tout cas », m'affirme-t-elle en agitant l'enveloppe.

Il n'y a pas de lettre à l'intérieur. Seule une paire de boutons de manchettes, de mon père forcément.

J'avoue à mes demis que je n'ai aucune chemise prévue pour ça. Et on éclate de rire, tous les trois, d'un rire bien gras.

Marge ne me faisait plus confiance. Elle me rendait responsable de tous ses petits malheurs : la perte de son emploi de vendeuse intérimaire au Tower Records de Piccadilly, la défaite de l'équipe de Chris Waddle en championnat d'Angleterre et même son rhume... Tout était ma faute.

Je n'avais qu'à la laisser tomber comme une vieille chaussette. « Tu vois bien que je suis une vieille chaussette », prétendait Marge en improvisant un concours de grimaces.

Elle m'en voulait toujours de lui avoir caché ta maladie, aussi longtemps et avec tant de méthode et de malice : « Je n'ai pas sept ans ! » me disait-elle.

Nous nous étions retrouvés un vendredi, quelques jours avant Noël. Marge me recevait chez elle, à Londres, dans ce studio de Chelsea où elle se terrait depuis des mois.

Je tentais une fois de plus de la convaincre d'interrompre cet exil absurde... « Tu ne crois pas qu'on a interrompu assez de trucs comme ça », me répondit Marge.

Avait-elle seulement des amis ici, des projets de réveillon ? « Plein », se vantait Marge.

Je lui proposai, incrédule, de passer au moins la fin de l'année en France, Noël, le jour de l'an. « Pour quoi faire ? s'exclama Marge. Je te connais. Tu vas juste me planter en carafe dans un bar d'hôtel. Tu as oublié ta femme, tes enfants ? »

Elle me rappela qu'il n'y avait vraiment que toi pour réussir à te libérer un dimanche, un 25 décembre ou un 1er janvier : « Dagobert, tous les jours, scandait Marge. Toi, je ne te crois pas. D'ailleurs, je ne te crois plus. »

Je lui parlai de mes nouvelles fonctions dans l'édition, de la curieuse situation dans laquelle je m'étais enfermé, de ses aspects malsains : « Tu dois avoir un secret pour ça ! » renchérissait Marge.

Sans toi, Dagobert, j'avais cessé définitivement d'écrire pour le cinéma. Je rêvais de rejoindre Jean, l'amoureux de ma mère aux trois prénoms, au sommet de son glacier, de rencontrer Nanni Moretti au guidon de sa vespa dans les rues de Rome.

Nanni accepterait-il de me prendre en stop s'il me croisait incidemment au coin de la via Appia ? Marge en doutait. En découvrant ma tête de hamster gris, ma mine accablée, mon peu d'entrain, Nanni augmenterait, selon Marge, la vitesse de son véhicule pour me fuir à jamais.

« Tu veux dîner ? »

C'était la nouvelle Marge. Elle me coupait l'appétit pour plus d'un an et puis, l'instant d'après, me conviait à sa table. Elle s'était donné du mal, m'avait préparé tout ce que j'aimais : « Tu ne viens pas me voir si souvent, se justifiait-elle. Autant que tu gardes un bon souvenir. »

Elle me racontait que Chris Waddle, son joueur adoré, avait fait don de ses cheveux à un ami malade avant de disputer une demi-finale de Coupe du monde, mais que l'Angleterre avait tout de même perdu, aux penalties, cinq penalties à quatre : « C'est vrai qu'à la fin, Dagobert n'avait plus un poil sur le caillou ? relançait-elle. Ça lui allait bien ? »

Elle m'invitait à me resservir : « Tu n'as rien avalé, c'est rageant. Tu vas finir par me vexer. »

Je me forçais un peu, cherchais la place du téléphone, du répondeur. Marge écoutait-elle au moins les messages que je lui délivrais chaque jour de mon bureau à Paris ?

Je dénombrais les posters punaisés sur les murs de son studio, appréciais ses idoles : Jim Morrison, Mick Jagger, Bob Marley, Marianne Faithfull...

Les mêmes goûts adolescents.

« Tu as quel âge ?

— L'âge d'avoir des enfants », avait simplifié Marge.

Tu montes avenue du Maine. Dans l'une des salles de montage les plus vétustes de Paris. Tu me répètes que c'est drôlement commode, tellement plus près de chez toi, moins compliqué que les studios de Billancourt et largement aussi performant. Avec ta monteuse, son assistante et même la stagiaire, nous sommes sceptiques mais on ne te le montre pas.

Personne n'a vraiment le cœur à te contredire, Dagobert. Tu as l'air brisé, épuisé. Tu viens d'achever une série de six téléfilms pour la 3, tu consultes encore à droite, à gauche et tu t'évertues, un sandwich à la main, une Marlboro dans l'autre, à choisir sur la table la meilleure prise de la scène dite des adieux, sans regarder l'heure ni tes yeux ni les miens.

On ne s'est toujours pas décidés sur la

bonne coupe quand Marge pousse la porte de la salle. Elle est fâchée après nous, ça se voit. Nous embrasse machinalement, en évitant les lèvres, salue l'équipe montage à peine aimable.

Marge va nous faire une scène. Devant tout le monde. Elle ne tient plus compte de rien ni de personne. Estime qu'on la délaisse, que tu travailles trop, que je me complais dans le malheur depuis la mort de mon père : « Ça ne t'empêche pas de trafiquer les prix littéraires, m'accuse-t-elle. Alors, qui va l'avoir cette année ? Ça vous amuse encore, ces machins-là ? Et moi ? Je ne vous amuse plus ? »

Marge ne plaisante pas. Elle a déjà réussi à chasser ton équipe de la salle. Nous menace carrément. Elle nous déclare sur un ton solennel qu'on est en train de tout bousiller, qu'on risque gros, d'en mourir, de se perdre tous les trois et même tous les deux : « Vous deux, votre vraie place, la seule, la bonne, c'est contre moi ! » nous rappelle Marge.

Elle enlève ses chaussures, tire le loquet : « On attend quoi ? On l'a bien fait aux Editions, nous provoque-t-elle. Pourquoi pas ici ? Ça ne vous manque pas à vous ? Moi, j'en crève. »

Alors nous l'avons fait. Ainsi, nous l'avons faite. Mais tellement mal. Jamais nos séances n'auront pris ce caractère précipité d'urgence, de formalité.

Aux Editions, sur les décors de tes tournages, dans le noir du parking de ta BMW, partout on respectait le rituel, les dialogues, le temps, les mouvements.

Ici, le silence domine. La violence de Marge nous paralyse. Son va-et-vient saccadé souffre d'une absence de couleur, de bonheur.

La preuve, elle se contente de deux seuls coups. Se rhabille déjà en nous remerciant : « Je me sens beaucoup mieux, nous assure-t-elle. On se revoit quand ? »

Marge ne veut pas comprendre que la période est peu propice : tu rentres en mixage dans trois semaines, on distribue les prix dans moins d'un mois. Nous l'avons habituée à mieux, à des horaires plus souples...

« Pas de date, pas de rendez-vous et je me

casse, nous chante-t-elle à nouveau. Méfiez-vous les garçons, quand on aura disparu moi et mon ventre, on sera vraiment introuvables. Et vous nous regretterez ! »

Marge est partie sur un éclat.

Tu n'es plus bon à grand-chose. Tu préviens l'équipe : qu'ils avancent un peu sans toi, qu'ils dégrossissent les deux prochaines bobines. Toi, tu t'y recolles demain, ça vaut mieux.

Tu as insisté pour me ramener sur ta moto fétiche. Ça t'oblige à un sérieux détour mais ça ne te déplaît pas. On n'est pas pressés, on boira le dernier au tabac d'en face.

Pour moi, tu es increvable, Dagobert. J'attribue ta mauvaise toux au sale temps et au froid.

Je te regarde avaler ton cinquième café de la soirée et je te demande :

« Tu peux dormir après ? Avec tout ce café ?

— Non, pourquoi ? »

« Marge, c'est moi... Tu es là ? Si tu es là, décroche. Ne reste pas sans bouger derrière ton téléphone, juste pour vérifier combien de fois je t'appelle. Je t'appelle tout le temps, dès que j'ai une minute. Et tu ne décroches pas. Tu es sortie ? Tu t'es assez couverte ? Marge, tu ne vas pas recommencer à travailler, quand même... C'est beaucoup trop tôt... J'ai essayé de te joindre à Tower Records. On m'a demandé d'épeler ton nom trois fois. Tu travailles sous un faux nom ? C'est un problème de papiers ? Je connais un type compétent à l'ambassade de France, un jeune coopérant, Meyer. M.E.Y.E.R. Il t'arrangera ça. Il suffit de me le dire...

« Je suis sans nouvelles, Marge. Est-ce que ça va ? Est-ce que tu vas enfin te remettre ? On a fait exactement ce qu'on avait à faire. Le mieux. Je me dis ça, sans arrêt. Marge ?

Elles durent combien de temps tes bandes ? Je n'entends jamais de bip, jamais le moindre signal pour m'indiquer que c'est fini. Je suis passé à l'appartement, ce matin. Je t'ai réexpédié du courrier. Tu le reçois ton courrier ? Ce n'est pas si long que ça entre Paris et Londres... Si, c'est très long, Marge, et tu es loin et puis, je n'aime pas parler là-dedans. En plus, ce n'est pas comme aux Editions ici, je ne peux pas téléphoner aussi facilement. Bon. Alors, je raccroche. Je raccroche et je t'embrasse. Ou l'inverse. Excuse-moi. »

Marge semblait avoir branché son odieux répondeur en permanence. C'était toujours le même double message interminable en français et en anglais.

Une nuit, on s'échappe. La moto est restée au parking. On va trop loin pour y aller à moto, surtout à trois. Tu as loué une voiture de luxe, la plus confortable, la plus perfectionnée.

A l'agence de location, Marge a essayé les sièges de la moitié des véhicules disponibles avant qu'on se décide.

Nous roulons en direction de la mer, Marge devant avec toi, et moi derrière. Tu as passé une partie de ta jeunesse en Normandie, au lycée de Deauville avec ton frère. Vous avez presque deux ans d'écart mais le proviseur de l'établissement vous avait admis dans la même classe pour ne pas vous séparer, comme vous étiez anglais, étrangers. Ton frère a arrêté sa scolarité à quinze ans. Tu ne nous en parles jamais.

La voiture est équipée d'un système de

disques laser. Marge a apporté un lot considérable de compacts pour un trajet si court. Au premier titre de chaque nouvelle face, elle s'amuse à retirer un vêtement pour voir : d'abord un foulard, puis ses bottines, son pull gris angora...

Marge finit la route torse nu, en culotte. Elle a chauffé l'auto à fond, on ne risque pas de s'enrhumer.

Tu as éteint le moteur sur la plage d'Houlgate. Il pleut bien assez maintenant pour ne plus avoir envie de descendre. Et nous savons tous les deux qu'on ne va pas laisser Marge dans cet état.

Nous retrouvons enfin de l'ardeur pour l'aimer comme elle le mérite. Nos jours heureux semblent revenir et rebondir. « On n'est pas cons à ce point-là, nous explique Marge, raisonneuse. On n'inventera jamais mieux. »

Nous allons dormir un peu à présent, mais à l'hôtel, tu as l'air d'y tenir. En passant devant les planches de Deauville, nous pensons au chien de Lelouch d'*Un homme et une femme*, nous tentons de calculer son âge. Même s'il n'avait qu'un an au moment du tournage, il en aurait vingt-neuf, aujourd'hui. Ça ne colle pas, les chiens ne vivent pas si vieux. Nous décrétons qu'il est bel et bien mort.

Tu t'es lassé de réclamer deux chambres au lieu d'une aux réceptions des hôtels. Le concierge du Royal doit nous considérer comme de sacrés fêtards.

Il nous propose malgré tout la 607, vue campagne, au dernier étage. Nous échange la clé contre ta carte de crédit et tu le charges de nous réveiller à six heures précises avec les petits déjeuners.

C'était bien pour dormir. Tu t'es écroulé tout habillé sur le lit américain sans même ôter tes chaussures. Déjà, tu rêves.

« Ça lui change un peu les idées... » me glisse Marge à l'oreille et en prenant le moins de place possible. Elle n'a pas sommeil, s'en plaint et m'attire bientôt auprès d'elle. Elle défait ma ceinture, se débarrasse du pantalon : « Je ne t'ai pas trop gâté sur la plage. On ne peut pas s'occuper de tout, se désole Marge. On va voir si elle est jalouse, si elle m'en veut, si elle me boude. Est-ce qu'elle boude ma langue ? Est-ce qu'elle lui pardonne ? »

Marge sait très bien se faire pardonner, je perds la partie en un temps record mais c'est toi qu'on entend : « Il ronfle comme ça, d'habitude ? me questionne Marge. Aussi fort ? Tu te rends compte, il a même couvert tes cris. Tu as crié, au moins ? »

Il est si tôt. On n'écoute plus que toi en rentrant sur Paris. Ni la voix de Marianne Faithfull ni les chansons de Jonasz. Tu es bavard ce matin de novembre et tu ne supportes pas les ambiances musicales, ce n'est pas nouveau :

« C'est comme certains mots, nous dis-tu, bouquin, tendance, fêlure... Marre, cent fois marre ! Les gens s'expriment trop mal, sans dignité, sans attention. COMMENT DIRAIS-JE, le prochain type que je surprends cette expression aux lèvres, je me le fais c'est promis, je le castagne ! »

Tu as lu dans *Infos du monde* que l'on dénombrait près de douze mille Omar en France, tu estimes que c'est largement suffisant pour disculper le jardinier de Mme Marchal. L'empoisonnement à la josacyne te passionne, tu sens un sujet... Tu prévois qu'un jour, s'inspirant des tests de grossesse, des forbans commercialiseront un auto-test équivalent pour le sida et ça t'effraie.

« C'est toi qui recouvres les livres de classe de tes enfants ? enchaînes-tu en te tournant vers moi et sans plus de logique. Moi, c'était ma mère. On habitait à Wimbledon, dans la banlieue de Londres, près des courts. Le choix de papiers n'était pas formidable. »

Tu es catholique par ta mère, baptisé donc mais guère plus croyant que le vrai Eddie. Ce n'est pas comme ton père qui te force à cacher ta médaille dans un vieux chewing-gum quand il t'emmène dans sa famille.

« Vous imaginez la taille du chewing-gum ! » ironises-tu.

Tu nous apprends que tu étais fou amoureux à dix ans d'une très jeune sœur d'un couvent proche de chez toi. Tu demeurais des heures à faire semblant de prier devant l'autel, ta médaille bien accrochée autour du cou, en évidence, dans l'espoir de croiser son regard : « Je crois que mon père m'aurait déshérité s'il m'avait ramassé là... Pour ce que j'hériterai ! »

Il est près de neuf heures quand nous arrivons aux portes de Paris. Marge s'est endormie contre ton épaule. On ne va pas la réveiller tout de suite. Mon bureau est sur le chemin du montage, tu suggères de me déposer en premier.

Je suis en retard. Ta femme m'attend dans le hall des Editions.

Je l'ai à peine reconnue : son visage est défait, décomposé. Si je n'ai pas de rendez-vous important, elle souhaiterait me parler, c'est urgent, au café, c'est plus tranquille.

Nous marchons sans échanger un mot jusqu'au Bonaparte. Sylvie se dirige tout droit vers les tables du fond. On s'installe et elle me révèle que tu es très malade. Tu as commencé une chimio le mois dernier. Tu as encore une séance aujourd'hui. Donc, pas de montage, Sylvie a préféré m'avertir. Que je ne sois pas impressionné la prochaine fois que je te verrai, tu auras sans doute perdu une partie de tes cheveux.

Ta femme ouvre alors son sac et sort deux

casquettes afin que je l'aide à choisir laquelle t'ira le mieux.

J'aime bien la bleu cru.

Souvent Marge ne m'écoutait même pas. Je lui annonçais ce jour-là d'une voix mélancolique mon départ du Cadre Rouge après dix-sept années de service, j'étais fatalement malheureux et désemparé mais elle avait un bien meilleur sujet de préoccupation : « Je m'en fous de tes Editions, de tes prix, de tes auteurs », aboyait Marge.

Elle n'avait qu'une obsession : savoir si je revoyais ta femme, tes enfants, tes maîtresses. « Ce sont eux ou moi, c'est du chantage, reconnaissait-elle volontiers. Ça se dit *blackmail* en anglais. Et moi alors, tu ne me demandes pas comment ça va ? "Moyen", la réponse. Tu reviens quand à Londres ? Tu dois avoir du temps, maintenant... Tu vas te faire chier. Rejoins-moi ici... Je t'emmènerai boire des thés, tu as horreur de ça. Je t'emmène boire ce que tu veux, sérieux, si tu me jures de ne plus les revoir ! »

Le standard des Editions avait sauté dans la matinée. La plupart de mes anciens collègues s'étaient concentrés autour de la cabine d'où j'appelais Marge. Chacun attendait bravement son tour pour téléphoner.

J'avais libéré la cabine, adressé un salut général à la petite troupe et Clarisse, la secrétaire du personnel, la blonde que tu aimais bien, m'avait rattrapé sur le boulevard Saint-Germain :

« Terrible cette histoire de standard, heureusement qu'on n'a pas eu le Goncourt », m'avait soufflé Clarisse.

Je regrettai avec elle nos déconvenues de fin de saison et Clarisse ajouta :

« Ça m'ennuie de t'embêter avec ça mais c'est la direction qui m'envoie. Il paraît que tu n'as pas rendu les clés. »

Je constatai, en effet, dans ma poche la présence de la clé superflue et au moment où je m'apprêtais à m'en séparer :

« Si tu veux la garder un jour de plus, je ne dirai rien, me promit Clarisse. Tu n'as qu'à en faire un double. Surtout si c'est pour la bonne cause.

— Quelle cause ?

— Allons, tout le monde le savait que tu venais te taper des filles le week-end avec ton ami Dagobert... Evidemment, maintenant qu'il n'est plus là, ça ne doit plus être pareil.

— Ça doit être ça, Clarisse. »

Tu es passé au Cadre Rouge à l'improviste, soi-disant sans raison. Tu possèdes une très bonne raison mais tu ne me la donnes pas tout de suite. Tu t'écroules dans le vieux fauteuil de Cayrol, tu allumes la dernière, c'est promis, ça t'aura au moins servi à ça. De leçon. Et tu divagues, mais tendrement :

« Tu n'as jamais dédié de livre à ton chien ?

— Je n'ai pas de chien, Dagobert.

— Alors à ton chat, si tu préfères. Tu devrais. J'ai pensé à la dédicace. "A mon chat qui n'en saura jamais rien." C'est comme moi... Mon prochain film, tant pis, je le dédie à Marge. Je raconterai à Sylvie que Marge est un animal de compagnie, une chatte ou une tortue, c'est encore mieux, une tortue obèse que j'élevais en Angleterre quand j'étais enfant. Tu as des nouvelles de Marge, toi ?

— Non.

— Elle n'a pas pu s'envoler, disparaître comme ça, du jour au lendemain.

— Si.

— Ah ! bon... Tu crois ? Et nous, alors ? Regarde, on est toujours là.

— Nous, on sera toujours là, Dagobert.

— Pas sûr, pas comme ça. Réfléchis : on ne se sera jamais vus autant depuis qu'il y a Marge. Est-on seulement capables de parler d'autre chose ?

— On n'a pas essayé.

— Tu as envie d'essayer, toi ?

— Non.

— Qu'est-ce que je te disais... Tu crois qu'on la baisera encore, au moins ?

— Bien sûr.

— Et si on ne la retrouve pas ?

— On la retrouvera, Dagobert. »

Le code d'accès de l'immeuble de Marge avait changé et j'avais dû attendre le retour des Portugais pour revoir l'appartement.

Les Portugais rentraient du marché chargés de paquets. Ils étaient les premiers à déplorer l'absence de notre bien-aimée. Marge ne leur avait laissé pas plus d'adresse que de clé : on venait de câbler tout le quartier et Marge n'en profiterait pas. Cela semblait les désoler.

Les Portugais me connaissaient au moins de vue pour m'avoir croisé dans l'escalier plus d'une fois avec toi, avec elle. « Pourvu qu'il ne lui soit rien arrivé à votre Marge ! » Ils avaient insisté pour monter avec moi, avaient poussé la porte au deuxième tour de clé et m'avaient précédé dans l'entrée.

Tandis qu'ils investissaient les lieux non sans plaisir, me confiant à voix basse qu'il n'était pas si courant pour des gardiens de visiter l'appartement d'un locataire, je cherchais mais en vain une trace de notre amour.

Cendriers vidés, tasses et soucoupes à leur place dans le buffet... Une paire de draps frais, glacés, trônait en plein milieu du lit qui n'était même pas fait, pas près de nous accueillir. Un trio d'oreillers sans taie me narguait en équilibre sur la commode.

Les Portugais s'affairaient maintenant dans la cuisine, tout occupés à débrancher le réfrigérateur avant de fermer le robinet du gaz avec la même précaution.

J'avais gagné la salle de bains. Je m'étais immobilisé devant la glace de l'armoire de toilette mais les gardiens venaient de couper l'électricité. Sans lumière, je ne distinguais plus les traits de mon visage. « Vous êtes là ? » m'appelaient-ils. J'avais fini par en douter.

Dès que ta femme sort de la chambre pour aller fumer une cigarette ou boire un café, tu abordes le seul sujet abordable : « Où est Marge ? »

Je te réponds toujours, mais à côté. Je ne te dirai pas où elle est, il ne faut pas que Marge te voie comme ça.

« Tu ne la baises pas sans moi, quand même ? »

Tu deviens grossier, ordurier, mais ta bouche est pâteuse, ton élocution incertaine et je te comprends mal, aussi mal à présent que je comprenais mon père.

Tu me cherches un instant, d'un regard sans lumière : « Ah ! tu es là, tu ne t'es pas sauvé... Non, tranches-tu tout seul, tu ne la baiseras pas sans moi. Ça ne marcherait pas, je suis tranquille... Et Marge refuserait. Tu lui as dit que j'étais là ? »

Je n'ai rien dit non plus à Marge, je te promets de faire un effort.

Tu te redresses brusquement : « Tu as vu ma casquette ? Elle me va bien, non ? »

Tu me l'as montrée la semaine dernière, aux Editions, mais tu as déjà oublié.

Tu as même oublié que tu ne fumes plus, tu tiens à la main une cigarette imaginaire et tu avales de l'air. Alors, tu interromps le geste en route ou tu fais mine de l'écraser.

Ils ont arrêté le traitement très vite. On t'a hospitalisé dans la nuit de samedi. Tu es malade depuis des mois sans nous le faire savoir et sans le savoir toi-même, Dagobert. La chimio ne sert plus à rien, ils ont même abandonné tout projet d'opération.

Tu as enlevé ta casquette : « Ça repousse après, c'est rien ! »

Tu convoques les chauves de cinéma les plus célèbres, tu veux trouver auquel tu ressembles le plus. Je lance, au hasard, le nom de Donald Sutherland, tu l'adores. « Il n'est pas chauve, lui. Qu'est-ce que tu racontes, mon grand ? Et d'abord qui est-ce ? Donald comme Mickey et Pluto, t'es sûr ? Et Marge ? » reprends-tu inlassablement.

Tu as prononcé cette fois le prénom de Marge devant ta femme. Tu ne l'as pas vue revenir dans la pièce, tu ne vois pas tout. Sylvie me fait signe que ce n'est pas grave. Tellement moins grave que ton état.

Tout en t'apaisant, la morphine te rend terriblement nerveux. Tu ne tiens pas en place, tu te lèves mais pour rien. Alors tu tombes, tu es si faible. On te recouche et tu prétends que tu vas sortir lundi. « Ou mardi », rectifies-tu. Il faut bien en terminer avec le montage. « C'est vrai ça, le montage ! » Tu t'affoles. Et si tu sortais plus tôt ? Tu agresses Sylvie : « Pourquoi tu m'as flanqué ici ? J'ai mal nulle part, moi. Qu'est-ce que je fous là ? Qu'est-ce qu'on fout sans Marge ? »

Tu rêves d'achever le montage avec elle, à Billancourt, oui, retourner à Billancourt. « Tu n'as qu'à virer la monteuse, m'ordonnes-tu. Elle est complètement nulle, cette monteuse ! »

Enfin, tu te calmes. Tu te renseignes sur la promotion du film : « La presse, qui s'en charge ? Claude ? Jean-Pierre ? Dominique ? » Tu fais l'appel et tu poursuis : « Les critiques l'ont déjà vu ? Tu leur as expliqué que c'était une copie de travail ? »

Je te rassure. « Et le nombre de salles ? On devrait le connaître, maintenant, non ? » Je te réponds qu'on a prévu de distribuer ton film dans une trentaine de salles à Paris. Je ne te dis pas qu'il s'agit d'une télé, une dramatique du mercredi soir que la 2 ou la 3 diffuseront en juillet.

« J'espère que tu avances dans ton livre, me souhaites-tu tendrement. Tu dois avoir un peu moins de pression en ce moment... C'est fini, les prix ? Et ton père, est-ce qu'il n'est pas mort ? Et le mien ? Je te parie qu'il vit toujours ! »

Tu t'endors.

Sylvie et moi en avons profité pour quitter la chambre. Au bout du couloir, nous pleurons aussitôt dans les bras l'un de l'autre, ravis de t'avoir semé un moment et de pouvoir pleurer dans ton dos.

Ta femme accepte de m'accompagner au tabac de la Place. C'est l'heure du déjeuner. Le tabac fait brasserie et l'endroit est bondé. On n'a qu'à rester au comptoir.

Ta femme sait presque tout de tes vies, tout ce qui est permis.

Elle me demande si j'ai prévenu Marge et je prétends avoir une excellente raison de ne pas la prévenir.

Sylvie a peur de voir débarquer Marge à l'hôpital, à l'improviste. Je lui affirme que cela ne se produira pas, qu'il n'y a vraiment aucune chance.

« Parce que tu penses que c'est une chance, toi... »

Elle insiste pour que je lui décrive Marge, que je lui en parle un peu. Tu manques déjà pour les dialogues, Dagobert. Je me contente de dire à Sylvie que Marge est un peu spéciale.

« Ah ! oui, spéciale. C'est ce qu'il me disait toujours, lui aussi. »

Ta femme s'est brûlé la langue et les lèvres. Elle repousse sa tasse de Viandox avec le même dégoût qu'elle repousserait Marge. Se recoiffe, se remaquille sans miroir ni raison, sinon d'occuper ses doigts.

« Tu sais, toi, pourquoi il ne m'a jamais quittée ? »

J'hésite avant d'évoquer l'histoire de l'aquarium.

« L'aquarium ? »

Sylvie a l'air surpris. Tu n'as manifestement jamais employé cette image devant elle. C'est pareil pour les poissons, me disais-tu, ne pas demeurer trop longtemps hors de l'eau du bassin. Après, on ne respire plus.

« C'était moi, l'aquarium ?

— Toi, Sylvie, la maison, les enfants...

— Il nous aimait pour ça ?

— Il vous aimait vraiment.

— Et Marge ?

— Non, pas Marge. Marge, il ne l'aimait pas. »

On parle de toi à l'imparfait. C'est venu tout seul.

La chambre de notre Marge était spacieuse et donnait sur un jardin. Marge disposait du téléphone, de la radio et même de la télévision. On aurait pu s'y installer quelques jours, entrer en convalescence. Mais non, Marge ne coucherait pas là, on la relâcherait dans la nature au début de la soirée.

La chambre était conçue pour ça, une chambre de réveil idéal.

Je regardais d'un œil la réplique anglaise d'*Une famille en or* en attendant la fin de la petite intervention que subissait Marge. La BBC, comme tu le sais, programme les mêmes jeux que nos chaînes populaires.

La famille Taylor affrontait en quatrième semaine la famille Spencer. Les questions posées aux candidats me paraissaient plus difficiles qu'en France : combien de musiques Bernard Herrmann avait-il écrites pour

Alfred Hitchcock ? Quel était devenu le jeu de société préféré des Anglais, scrabble, cluedo, monopoly ? Où était enterré Brian Jones ?

Je n'ai pas entendu les scores ni les résultats, l'émission n'était pas terminée quand le chirurgien est venu me rassurer dans un français impeccable :

« Vous êtes son mari ?

— Oui.

— Tout va bien, soyez tranquille. Elle n'a rien senti. Votre femme pourra parfaitement avoir des enfants si vous le désirez. On vous la ramène dans cinq minutes.

— Je vous remercie. »

Le chirurgien avait augmenté le son de la télévision :

« Les Taylor ont encore gagné ? J'imagine que oui, les Taylor sont imbattables. On les considère comme de véritables héros nationaux chez nous... Vous ne pouvez pas mesurer ça, évidemment. Vous êtes français ? Tous les deux ?

— Oui.

— Qu'est-ce que vous faites à Londres ? »

C'est vrai, Dagobert, que faisions-nous à Londres, Marge et moi ?

La lettre de Marge n'est pas assez affranchie. Clarisse, heureusement, a bien voulu payer la taxe pour la différence.

Je t'écris à toi, au Cadre Rouge, comme Dagobert n'a pas d'autre adresse que la sienne.

Je tiens à vous avertir que mon ventre ne saigne plus. Le rouge ne s'est pas pointé depuis cinq semaines. J'ai fait les tests bien sûr, et les analyses. Ils sont drôlement positifs.

J'aurais peut-être pu ou dû vous convoquer tous les deux, plutôt que t'envoyer cette lettre, mais je me suis dégonflée.

Vous êtes tellement bousculés en ce moment, contrariants, irascibles que j'ai eu peur. Peur que vous soyez contre moi et contre mon projet.

Je pars dans deux heures pour Londres et pour neuf mois. J'ai choisi Londres parce que j'aimerais bien fabriquer un petit Anglais, ça ne déplaira pas à Dagobert. Il sera autant à toi, il est autant de toi mais si on l'appelle Dagoberts, avec un s, *comme j'y ai pensé, la nationalité britannique lui conviendra bien mieux.*

Je te laisse mon adresse au dos de l'enveloppe mais vraiment au cas où. Je ne vous quitte pas, je ne vous fuis pas. Je n'ai que vous, toi et Dagobert, aucune autre attache, aucune histoire, aucun lien.

Neuf mois, rends-toi compte, je ne vous aurai jamais gardé dans mon ventre aussi longtemps.

Je vous embrasse aussi fort, pas de jaloux !

Marge.

Dans sa chambre idéale, Marge s'était réveillée en pleurs : « On ne l'a pas gardé, alors ? »

Nous n'avions jamais dit qu'elle devait le garder : « Ah ! bon, c'est marrant, j'aurais parié le contraire, moi. Et pourquoi, on ne l'a pas gardé ? » me harcelait-elle.

J'ai éteint la télévision avant de reprendre courageusement mes esprits et l'essentiel de mon raisonnement développé heure par heure depuis mon arrivée précipitée à Londres : Marge ne pouvait pas garder un enfant sans notre accord et sans nous aimer : « Je m'en foutais pas mal de votre accord, criait Marge... Sans vous aimer... Qu'est-ce qui te faire croire ça, gros malin ? Si je ne vous aimais pas, tu penses bien que je ne vous répéterais pas tout le temps que je ne vous aime pas. C'est un vieux truc de fille, ça.

Dans ce cas-là, dans ton cas à la con, ça voudrait dire que Dagobert ne m'aime pas non plus ! »

Ses larmes avaient redoublé d'intensité. Elle t'avait cherché machinalement des yeux et puis, se ravisant : « Le montage est sûrement au point. Il a dû attaquer le mixage, normalement. Elle va être bien, sa série télé ?

— Je ne sais pas, Marge.

— C'est ton nouveau genre ça, tu ne sais plus jamais rien. Allez, on va vérifier. On n'a qu'à l'appeler au mixage. Tu as le numéro ?

— On ne va pas l'appeler d'ici.

— Pourquoi pas ? On a toujours eu le droit de l'appeler au mixage, ça ne le dérange pas.

— Le film se mixe sans lui, Marge.

— Ah ! bon.

— Dagobert est mort.

— Déconne pas. Il y a assez de morts comme ça.

— Je ne déconne pas, Marge. Dagobert est mort très vite, dix jours après que j'ai reçu ta lettre. Tu étais déjà loin... »

Ton père me demande quel âge tu avais. Il cherche, calcule de son côté, dans sa tête : « Il n'était pas plus vieux que moi, tout de même... »

Ton père paraît moins triste que perplexe : « De toutes les façons, il est trop tard pour prendre sa place ! » se désole-t-il en visant ton cercueil.

Ils se sont mis à quatre pour te porter. Deux bras auraient suffi. Tu ne pèses plus rien, à peine le poids d'un labrador, deux fois le poids du chien de Lelouch dans *Un homme et une femme*.

Ton père a raison : ici, toutes les places sont prises. J'ai éprouvé tant de difficultés pour l'entraîner à l'église : « C'est vrai qu'il n'était même pas juif... » se souvient ton père avec amertume puis, à nouveau, il s'enhardit : « Notez que sa mère n'est plus là, maintenant, on aurait très bien pu se passer de l'église ! »

Je ne sais même pas si tu as conservé ta médaille, si tu es aussi beau, aussi propre qu'Eddie dans sa tombe, à Westwood. Sylvie s'est-elle bien occupée de ta toilette ?

Sylvie est au premier rang, avec les enfants et ton frère Maxime : « Max, en tout cas, lui, est nettement plus jeune mais mon Dieu qu'il est laid ! » maugrée ton père, intarissable.

Tant pis pour ma femme qui se retrouve coincée entre deux monteurs son mais il vaut mieux que je reste avec lui. Ça soulage Sylvie qui craint le scandale, et ton frère qui ne lui adresse plus la parole depuis si longtemps.

Le vieil homme compte à présent sans discrétion et une par une toutes les filles de l'assistance : « Quarante-trois, m'annonce-t-il. Vous croyez que mon fils a couché avec toutes ces femmes ? »

Je lui fais signe de parler plus bas, tout le monde va l'entendre mais il exulte : « C'est pas un mal ! Vous additionnez quarante-trois à toutes celles qui n'ont pas su, mettons autant, plus sa vraie femme... On arrive à quatre-vingt-sept ! »

Ton père est fier de toi, Dagobert. Quatre-vingt-huit avec Marge si ses comptes sont justes.

Pierre Tchernia représente dignement le monde du cinéma et de la télévision, ton père l'a reconnu. Il tient absolument à lui serrer la main après la messe : « Qu'est-ce qu'il animait comme jeu, déjà ? » Ton père ne trouve pas, je ne l'aide pas. Alors, il s'inquiète : « Je vous ennuie ? Vous n'allez pas me laisser, hein... m'abandonner chez les goys ? »

Il parle seul, rumine dans son coin en anglais. Enfin, m'oublie.

Deux groupes se sont formés, mais spontanément puisque tu n'es plus là pour nous mettre en scène : les garçons avec Sylvie, les filles avec moi.

Des femmes que je ne connais pas, que je n'ai jamais vues, m'entourent, m'embrassent comme tes autres femmes : « On dirait que tu es son veuf, me glisse affectueusement la mienne. C'est bien, toutes ces femmes, c'est vivant, ça lui aurait plu », ajoute-t-elle en clignant des yeux.

Je l'ai dispensée de cimetière, lui assurant que tu ne lui en voudrais pas. Elle m'embrasse à son tour et au moment où elle s'apprête à quitter l'église, je vois ton père lui emboîter le pas : « Je peux vous déposer quelque part ? Je suis trop vieux pour conduire, je vous paye le taxi. C'est cher les taxis ? »

J'ignore si elle accepte, si elle réussit à s'en débarrasser. Je ne les entends même plus.

J'ai rejoint le groupe des filles. Je manque de joues, de bras, d'épaules pour me frotter convenablement à chacune d'entre elles : Gaëlle, Joëlle, Irène, Petite Prairie, les inconnues, toutes me font fête et te célèbrent. A l'évidence, elles gardent un bon souvenir.

Sur le parvis, je les délaisse un instant pour me soucier de Sylvie. Je la surprends en pleine discussion avec le chauffeur du car. Il semblerait qu'il manque de places assises, le trajet sera long. Sylvie a effectué toutes les démarches nécessaires, elle a protesté, tempêté mais ils n'ont pas voulu de toi à Montparnasse et on t'enterre à la campagne. « Tu peux très bien ne pas venir, admet Sylvie, surtout à la campagne. Et puis, ça libère une place. »

Elle m'attrape par le bras et, sans hausser le ton : « Est-ce que Marge est parmi ces femmes ? » Sylvie fixe durement le fameux groupe toujours aussi solide :

« Oui, dis-je. Marge est là, forcément.

— Ça t'ennuie de me la montrer ? »

Je désigne à Sylvie la première fille qui se mouche assez fort, une grande, costaude, rien à voir avec notre Marge, je te rassure.

« C'est bien, comme ça au moins, j'ai vu à quoi elle ressemble... » me dit Sylvie.

Je lui promets d'être là, toujours, d'écrire, de téléphoner. Tu sais comment j'ai tenu ma promesse. Ça doit nous faire plaisir de croire ça, ce jour-là.

« Ne viens pas au cimetière, décide Sylvie pour moi. Reste plutôt avec Marge. »

Ainsi, ta femme et tes enfants me regardent bientôt m'éloigner avec la fausse Marge. Tous les trois m'envoient des baisers.

Marge nous a réveillés avec le café sur la terrasse. Nous nous demandons parfois s'il lui arrive de dormir. « J'ai bien le temps de dormir quand je ne vous ai pas », répond Marge, très fière. Nous la soupçonnons de ne pas toujours dire la vérité.

Elle nous a menti au sujet de la maison en Corse. La propriété n'appartient pas à sa famille. Ses parents n'en sont que les gardiens. Ils lui ont bien recommandé de ne pas déhousser les fauteuils du salon, de ne rien salir et de ne rien abîmer. Voilà pourquoi Marge nous maintient le plus souvent à l'extérieur, sur la terrasse ou en bas, carrément au bord de l'eau : « Ça m'évite d'avoir à retaper les lits », s'amuse-t-elle.

On a dû s'assoupir après le déjeuner, tu accuses le beychevelle : « Je crois bien qu'on en a abusé », me dis-tu. Mais nos maillots sont déjà secs.

Je te montre les maillots qui pendent au soleil, agités par le vent du sud et on se trouble : « Marge, tu es sûre qu'on n'est pas le matin ? »

Marge dispose tranquillement les bols du petit déjeuner sur la table à tréteaux. On se renseigne sur l'heure, on a perdu nos montres.

« Je vous ai tout retiré, même vos montres, nous avoue Marge insouciante. Il est près de dix heures, gros paresseux, c'est le meilleur moment pour se baigner, l'eau n'est pas trop chaude. Après on ira au marché. On est jeudi, n'est-ce pas ? »

Tu ne comprends pas ce que je fais là, avec vous, si la nuit est passée : « Tu ne devais pas rentrer hier soir, par le dernier avion ? »

Si. Je ne suis descendu qu'une journée pour t'aider à retravailler le personnage d'Angela que toutes les actrices nous refusent.

« Vous n'avez pas fait que travailler... » se moque Marge.

Tu allumes la meilleure, la première, et tu remets toute conversation à plus tard, après le café. Tu te détestes quand tu considères avoir trop dormi.

Marge a déjà passé son maillot noir, une pièce de nageuse olympique. Elle compare son bronzage avec le tien, moi je viens de Paris. Elle te bat largement. « Vous n'avez pas tant dormi que ça, nous annonce-t-elle. Cette nuit, vous étiez drôlement bien réveillés au contraire. C'était bon. Bon et long, mais long ça ne m'étonne pas, c'est logique. C'est toujours plus long à trois. » Marge, aussitôt, lace ses espadrilles et s'impatiente : « Allez, bande de fainéants, on va se baigner, maintenant... »

Nous n'avons jamais eu la curiosité ni le goût de savoir comment ça a commencé. « Le principal, confirmait Marge, c'est que ça ne finisse pas. »

Nous empruntons le petit escalier qui descend vers la mer, le cœur léger et content, tellement joyeux de la suivre. Qu'elle soit en maillot ou tout habillée, nous voyons toujours à travers Marge car Marge est lisse et transparente.

Elle a ralenti son rythme, nous attend parce que tu traînes, et soudain se retourne avec cet air inquiet, aussi heureux que malheureux, qui nous donne envie de lui faire un enfant quelquefois. Et d'ajouter à l'occasion un *s* à Dagobert.

Septembre 95.

Achevé d'imprimer le 9 janvier 1996
sur presse CAMERON
par Bussière Camedan Imprimeries
à Saint-Amand-Montrond (Cher)
pour le compte des éditions Grasset
61, rue des Saints-Pères, 75006 Paris

N° d'Édition : 9927. N° d'impression : 1/37
Dépôt légal : janvier 1996
Imprimé en France
ISBN 2-246-51881-4